安德魯．克萊門斯③

成績單

The Report Card

文◎安德魯．克萊門斯
Andrew Clements
譯◎吳梅瑛　圖◎唐唐

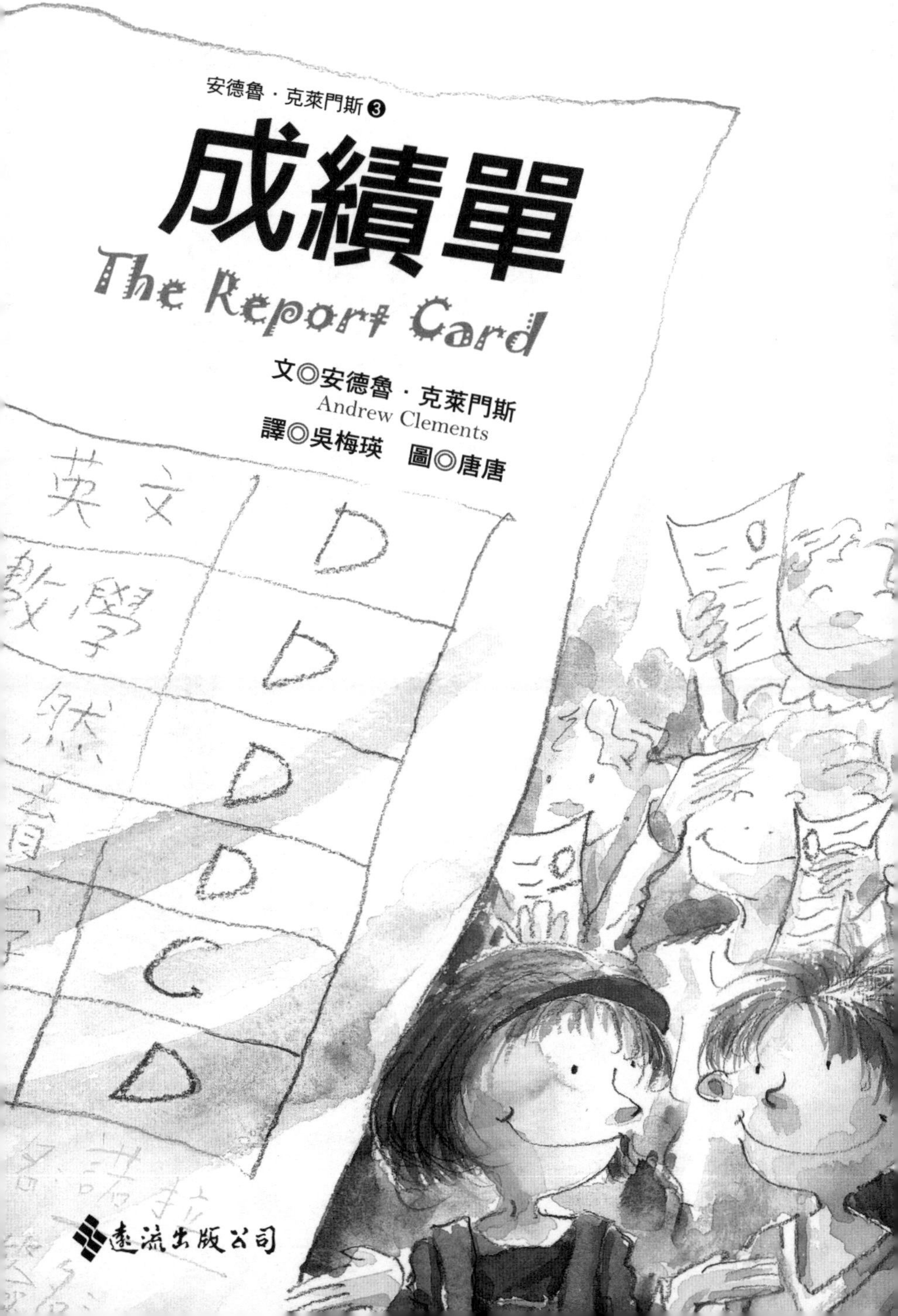

遠流出版公司

名家誠摯推薦·校園熱情讚譽

史英／人本教育基金會董事長

李偉文／作家

林文寶／台東大學兒童文學研究所榮譽教授

林良／兒童文學作家

林玫伶／清華大學教育學院客座助理教授

柯倩華／兒童文學評論家

凌拂／知名作家·校園共讀推動者

張子樟／前台東大學兒童文學研究所所長

張永欽／台北市教育局聘任督學
陳佩正／前台北教育大學副教授
曹麗珍／國小退休校長
曾志朗／中央研究院院士
黃瀞慧／前台北市興華國小教師
楊茂秀／兒童哲學教授
趙自強／如果兒童劇團團長
鄭石岩／知名作家．教育學家
蔡淑媖／牙牙親子讀書會創辦人

【推薦一】
名家好評推薦

寫給兒童看的書，不是為了教訓兒童，而是為了引起他們的注意力和好奇心。〈安德魯・克萊門斯〉系列的校園小說，不但能引起注意力和好奇心，必然更會引發讀者的強烈感受和熱烈討論。因為，他的故事直指核心，精妙絕倫，尤其是呈現出一片創意十足與浩浩蕩蕩的藍海。讀畢不禁令人拍案驚奇，直叫：「眾裡尋他千百度，驀然回首，那人卻在燈火闌珊處。」

——台東大學兒童文學研究所榮譽教授　林文寶

描寫上課下課、以學校生活為題材的校園小說，閱讀起來一定很沉悶乏味。但是〈安德魯・克萊門斯〉系列的校園小說，卻能讓你讀得由莞爾而陷入沉思，由發笑而熱淚盈眶。他把深刻的教育論題，寫成一本本又好看又有內容的感人故事，真是難得。

——兒童文學作家 **林良**

我必須承認，這是我讀過最棒的校園小說，一翻開書，就難以罷手。

故事節奏快，奇妙而合理，絕無冷場。作者的筆調幽默，故事裡的角色言談舉止掌握了戲而不謔的分寸，充滿令人愉悅的高度趣味。故事取材來自校園，在僵化的教育制度與教學現場下，學生們以無比的能量和數不清的創意展開遊戲式的挑戰，團體的互動火花一路擦撞，峰迴路轉，閱讀樂趣在此不言而喻。

夾藏在趣味中的，更是作者精心設計的議題，包括文字、語言、分數的意義等等，不但使人驚奇，更叫人開始認真思考。

——清華大學教育學院客座助理教授　林玫伶

真正一流的兒童校園小說！聰明、幽默、驚奇連連，不斷挑戰讀者的想像力！克萊門斯藉由文字、語言、分數等議題，機智而犀利的探討「教育」的本質。他筆下的兒童，像一群足智多謀、併肩作戰的大冒險家，在校園裡發明各種思想的實驗、遊戲、革命，使學校生活既刺激又好玩，使學生、老師、家長都激發出意想不到的可能性，令人敬佩！

——兒童文學評論家　柯倩華

只要是孩子，大概沒有人沒有過類似像《我們叫它粉靈豆——Frindle》這樣的疑惑；只要是教師，大概沒有人沒有對孩子說過《不要講話》這樣的情境；只要是父母，大概沒有人面對孩子的《成績單》臉沒有綠過。此系列校園故事，深邃而靈動地寫活了箇中情境，如此尋常，可是如此深刻，令人驚讚又嘆息！

人一長大就忘了許多事，尤其忘了自己也曾經是個孩子。克萊門斯可以如此活靈活現地展現出此一系列故事，一定是因為他一直是個帶著孩童眼長大的成人，他是個一直抱著孩童的靈魂成長的純熟大人。

——知名作家・校園共讀推動者　**凌拂**

這系列作品描寫了師生間的對話、孩子們的想法與作法等情節，都能帶給老師、父母和孩子許多啟示。例如孩子可以在《我們叫它粉靈豆—Frindle》中，學習尼克如何勇於面對問題、堅持理念、解決問題，提供他們一些克服困難的方法；老師們可以在《不要講話》中，學習如何支持孩子、協助孩子去面對問題；或是參考《成績單》中的成人如何面對和引導獨特的孩子，讓他的優勢智慧可以獲得成長。

透過本書作者的巧妙安排，可讓讀者獲得心領神會的滿足，就請讀者慢慢來品味吧！

——台北市教育局聘任督學　**張永欽**

好恨！我在求學階段想抗拒學習的各種策略居然被作者先寫走了。好開心！因為作者的文筆遠遠超越我的禿筆所能表達的境界。

這系列三本書都在說明美國教育現場某些錯誤政策因正確執行而衍生出的問題。確實，學校教育早期的權威管教模式，在現在的民主時代，似乎該轉個彎了！學生走進學校絕對不是一張空白的紙張，等候老師在他們的大腦中書寫一些該學習的知識和技能。相對的，老師如果能夠展開雙手熱烈擁抱這些學生的創意和觀點，將有希望形成學生、行政人員、老師和家長都是贏家的局面。

——前台北教育大學副教授　陳佩正

如果你想重溫童年學校生活的各項遭遇，那你應該仔細閱讀安德魯·克萊門斯這一系列為兒童所創作的圖畫書和青少年小說。雖然他所敘述的故事和描繪的學校場景是在美國，卻放諸四海皆通。因為無論在哪個國家、哪個城鎮，只要有學校，就有課程、課業、考評、活動、能力指標、同學、師長、校長、家長會等交織而成的學業成長故事，而且大家所關心的壓力源都差不多！

這一系列書的好，就好在所有的故事都讓人有真實感，而且字裡行間不停呈現人性的善良面；同時，也把教育就是生活，生活可以產生積極創意的文明表現出來，而我們要學會去體會那份心靈的美感。老師們、家長們，帶著孩子享受這一系列的故事吧！

——中央研究院院士　**曾志朗**

其實，想像力並不一定要靠魔法師和噴火龍，〈安德魯．克萊門斯〉系列證明了這件事。

克萊門斯怎麼能夠把少年的生活寫得這麼有趣？不管是在文字和畫面上，都讓讀者感覺到既好玩又有認同感。「妙極了！」這是我給這故事的評價；演出來，是我對這個故事的期待。

——如果兒童劇團團長 **趙自強**

校園故事很多，說這類故事的人也不少，但是，能夠說得如此令我沉浸其中，翻開書非一口氣看完不可的人，到目前為止只有安德魯・克萊門斯。

克萊門斯真是會說故事，那生動流暢的敘述方式，讓讀者倏忽間便置身於故事情境裡、混雜在角色中，參與所發生的一切。而讀者會這麼不經意的被拉入故事裡，是因為他故事中的每個事件都那麼的吸引人，那些議題，深深勾引大人或小孩的興趣，使人按捺不住想要加入戰局，即使在闔上書的那一刻，還意猶未盡地回味著整個過程呢！

——牙牙親子讀書會創辦人 **蔡淑媖**

【推薦二】

你是否曾說過：「不要講話，好好討論！」

李偉文 作家

大人看一本為孩子而寫的書，通常會以一種審視的角度來評論：「嗯！還不錯，寓意清楚。」或者說：「故事滿有趣的，邏輯合理！」但是真要吸引大人迫不及待地一直看下去，這樣的童書（或少年小說）就非常少見了。安德魯・克萊門斯這三本小說居然本本都令人著迷，故事合情合理卻又充滿戲劇性，幽默爆笑卻又引人深思，故事中的每個人都有自己的個性與立場，雖然屢有衝突卻又體貼溫暖令人感動。這系列小說，將是課堂上老師與學生共同討論，或在家裡父母與孩子一起分享的溫馨時光。

我相信孩子從書裡面可以感受與學習到彼此體貼的同理心，這是當代孩子最欠缺的，因為他們少了與街坊鄰居的大小孩子們打打鬧鬧一同成長時無形中可以學到的人際關係。至於對大人而言，這系列的每一本小說，每一個衝突與情節，都是一面又一面的鏡子，映照出我們在日常生活中未曾察覺的矛盾。

不管是《我們叫它粉靈豆— Frindle》或是《不要講話》，都一再讓我們思考到語言與溝通的本質，對於正在轉變成大人的孩子而言，他們正是透過這些工具探索成人的世界與思維，相對的，大人通常卻因為習以為常而忽略了文字、語言的力量與創造性。

同時，大人說的與真正想的或做的往往不一樣，當校長每天拿著擴音器大喊：「我不希望聽到五年級再發出一丁點聲音！」可是一旦這個願望成真了，大家都不再講話，保持安靜，老師們反而抓狂了！

激怒大人其實是很容易的，因為大人不喜歡古怪的事情，大人更討厭事情沒有他的允許就發生，即使孩子們做的事情沒有錯，只要會造成不方便大人管理（那種制式與效率化的管理），通常就被視為挑釁與冒犯！而且大人也不喜歡孩子問理由，不信的話，只要有個孩子連續追問大人三次「為什麼？」，通常大人就會因為回答不出來而惱羞成怒，變成大怪獸！

如果仔細檢視我們與孩子的日常對話與互動，會發現自己常說一些很可笑的話。有一次，有位教授去參觀一個老師的教學示範，只見那個老師將學生分好組別後，大聲宣佈：「不要講話，好好討論！」這位教授忍不住問那位老師說：「你要他們不要講話，那他們怎麼討論呢？」

我相信很多人在看安德魯這系列小說時，一定一下子捧腹大笑，可是一下子卻又眼眶泛紅，因為不管是那位不苟言笑嚴厲的英文老師，或是那位不是大怪獸的校長，都各自以他們的方法去對待孩子，也由於他們的愛，真正的愛，所以才能令人低迴再三，感動不已。

【推薦三】
校園故事的最佳典範

國小退休校長 曹麗珍

美國暢銷作家安德魯・克萊門斯為兒童及青少年撰寫過許多圖畫書及小說，其核心議題都聚焦在教育與學習層面。《我們叫它粉靈豆——Frindle》、《不要講話》及《成績單》三本書在美國本土出版以來，佳評不斷，獲獎無數，堪稱是校園故事的最佳典範。遠流出版公司將這些作品引介給台灣地區的家長、學生以及關心教育的人士，很榮幸能先睹為快。

《我們叫它粉靈豆——Frindle》一書充滿劇情張力及創意，將師生之間互動的精采過程，運用流暢的文字娓娓道來。葛蘭潔老師是五年級學生最敬畏的英文老師，對於理解與運用字典的尊崇與狂熱，始終是她三十五年教學生涯課程的重點，直到她遇到尼克這古靈精怪的學生後，師生間產生的衝突，愈演愈烈。這事件轟動全鎮，甚至躍上全國新聞版面。葛蘭潔老師的教學遇上史無前例的難題，她該如何面對向她挑戰的學生？而學校又要如何面對無法控制的局面？家長應如何指導當下的孩子？這正是考驗三方的時刻。一位要求文字精準的語文教師與極具創意的學生間的鬥智過程，堪稱是因材施教的最佳範例。故事結局很具創意、更是感人！

《不要講話》是在述說雷克頓小學五年級的男女學生，因彼此互批「長舌」，賭氣約定每位同學兩天內都不能說話，只准在應答師長時以低於三個字做回答，超過的字數將被記點，最後被記點多的一方就輸了。在原本鬧哄哄的校園裡，突然間失去了熟悉的聲音

與舉動，這樣奇怪的事令師長質疑並想一究原因。在這無時無刻都需要口語表達的生活中，孩子們如何才能完成使命呢？而且他們彼此發誓不能說出約定，想通過老師或父母這關也很難。因此這兩天內發生在親師、師師、師生之間的趣事與衝突不斷上演，也讓人領會了青春期兩性議題存在於學校的事實。作者透過有趣的對話與耐人尋味的結果，展現了深厚的功力。同樣的故事創意與閱讀樂趣，也展現在《成績單》一書上。

這系列作品以符合國情的口吻及流暢表達的文字，令人閱讀起來輕鬆愉悅。作者將這些小學生的行為舉措點點滴滴鮮活呈現，生活化且緊扣人心。書中古靈精怪的學生角色、老師與校長的教育觀、家長們的教育態度、充滿劇情張力的鋪陳方式，以及令人感動的結局，都很值得適齡學生、家長及教育工作者用心閱讀！

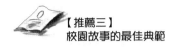

【推薦四】

另一種眼光

前台北市興華國小教師
黃瀞慧

「老師，紅加藍變紫！」孩子走出美勞教室，在走廊遇見剛上完其他課的我，嘴角揚起一道弧線，眼珠子水亮亮的，快速告訴我他的發現。我看到他手裡拎著美勞用具，懷裡揣著一顆球，想來他急著想下操場跟同學ＰＫ，便不再多說什麼，只對他微微一笑，算是對他分享一件新鮮事的回報。

學校裡的新鮮事可不少，每個孩子在學校中所發生的事，細說從頭連綴起來都是獨一無二的精采故事。當我打開電子郵件，將美國暢銷作家安德魯．克萊門斯的《我們叫它粉靈豆——Frindle》、

《不要講話》、《成績單》三本書的簡介看完，就可以預期這三本小說精采的內容，好想先睹為快。而好幾個晚上，拿起即將出版的稿子一看再看，時而望文輕嘆，時而縱聲大笑，吸引家人也忍不住湊過來一塊兒展書閱讀。我們一致的看法是：作者怎麼把小學校園的故事描寫得如此活靈活現，不僅情節的鋪陳溫馨幽默，角色的刻劃更是寫實生動。難怪《紐約時報》書評盛讚安德魯．克萊門斯先生建立了校園故事的最佳典範。

在教改十年的今天，遠流出版這一系列的小說，可預見它將廣泛影響大人和小孩不斷地深入思考和討論有關「創造性的思考」、「語言文字的力量」等語文問題，以及「考試與分數」、「品格與競爭力」等教育相關議題。

以一位小學教師的眼光來看，這些發生在校園裡的故事，傳遞了教師教學藝術化的概念，也陪伴孩子喜悅成長，像是書中的葛蘭潔老師、波頓老師、霞特校長一樣。

很多時候，教師與學生像是在學校進行一場生命的神秘交換，也許是交換知識，也許是交換態度，也許交換的是情緒。

當葛蘭潔老師決定扮演尼克「Frindle」事件中的反派角色，霞特校長拿起擴音器對著大衛咆哮，我看到教師角色的難為，有時他們已經盡了許多力，但似乎無法立即看到預期的效果。

當波頓老師認為這「不要講話」的比賽對他來說「好像是一個千載難逢，一輩子只能碰到一次的機會，可以在語言、文字與溝通方式間穿梭游移，去嘗試全新的、特別的方法」。在這個正面積極的想法的前提下，他巧妙運用三個字的規則，成功上完生動有趣、充滿創造力的一堂課。這提醒了我：每次發生在教室裡的事件，都是教學的好材料，和孩子本身相關的事件都是最佳題材，端看老師能否慧眼獨具、慧心巧妙地把握師生靈感交接的吉光片羽。

這三本書從孩子的角度出發，可以讓當老師的人激勵自己做更好的老師。就如同我也想和葛蘭潔老師一樣留一封信給我在走廊上遇見的那個孩子，告訴他：「孩子，老師為你高興，你是『發現』而不是『知道』紅加藍會變紫，將來你也可能發現生活與學習除了公式與技術之外，還有藝術與文學。那麼，有一天你也可能會發現紅加藍可能是黃，可能是黑，也可能是白。」就像讀這一系列書，一讀二讀三讀，可能都會有不同的發現。

【推薦五】

有趣又具教育意義的書

教育學家 鄭石岩

安德魯・克萊門斯這系列校園故事，不但文學價值高，引人回憶童趣，省思成長的過程，更是難得的教育名著。

這系列作品以故事的方式，娓娓道出每個人似曾相識的童年往事，把一個個校園軼事，串成活潑和發人深省的小說。在閱讀之中，峰迴路轉的每一件事，都能扣人心弦、再現童心，甚至連校園中的景致氣氛，都歷歷如繪，浮現在腦際。而我就是在陶醉的心境中，賞閱了這些美好的故事。

這些故事時而白描校園情景；時而披露兒童的心思、天真和無邪；時而陳述老師的震驚、愛心和不知所措。書中到處洋溢著師生之間的鬥智，更看得出不同角色之間，互相了解、同理和學習的磨合過程。

校園是童年的舞台，作者讓這個實境變得生動活潑。你看到兒童的調皮，也看到天真、創意和友愛。你看到了教師的堅持和錯愕，也看到因勢利導的溫柔。書中揭示了一個教育真諦：教導是在師生互動之中切磋出來的。

這個系列對於學校的老師和校長，都具有啟發性。最主要的是它讓大人了解兒童的想法和行為方式。它讓家長知道兒童在學校裡如果有了「狀況」，應用較大的視野去做引導和啟發，就能產生全新的結果。當然，我相信督學和行政人員也能在這些作品中，得到更多的「教育嗅覺」，提升解決校園問題的技巧。

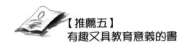

成人和兒童是兩個不同的心靈世界，童年的純真、好奇、喜樂和稚情，推動著他們展開新探索，憧憬美好的新世界。童心往往不拘泥於現實，常與現實牴觸，但它正是人類改變現實困境，以及發展創意的潛伏力量。成人的心境則正好相反，他們學會面對現實，對於牴觸現實的想法和行動，往往會壓抑下來。於是，教導者必須了解童心，兒童也必須學著適應現實。這一系列作品，均以活潑多趣的筆觸表現出這個真諦。

此外我要建議一般讀者，你可以像我一樣，把它當作心靈點心。在忙碌的生活中，抽點小空閱讀，不但能回味活潑有趣的童年，更重要的是，當你的童年記憶被書中的情節活化時，會變得開心起來。童年往事的活化，不只是帶你懷舊，更會讓童年的喜樂和創意，在身心中復甦。

有趣又具教育意義的書

這是一套有價值的書，不只適合父母和教師，更適合每一個年齡層的讀者。它不但博你莞爾，更重要的是，它能活化你的童年，使你從中得到省發。

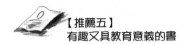

【導讀一】

嘉年華式狂歡之餘

前台東大學兒文所所長
張子樟

「校園故事」（school stories）是青少年文學重要的類型之一。

校園是青少年成長階段學習團體生活的大本營。知識的累積、品德的陶冶、倫理觀念的形塑都有賴於孩子在校園裡與師長同儕的互動。「校園故事」之所以深受青少年喜愛，主要是因為這些故事貼近他們實際的生活，充分展露了他們的喜怒哀樂，同時藉由他們的一舉一動，使得師長與家長確實體認孩子真正的想法。安德魯・克萊門斯的校園系列故事以幽默的筆法觸及了孩子的內心世界，作品一直高踞在暢銷書排行榜上，主要是因為他的作品節奏明快、情節合理與溫馨感人的結尾。

克萊門斯的三本書各有主題，但都是繞著教育孩子這個重大的課題打轉。《我們叫它粉靈豆—Frindle》談的是面對有創意的學生，任課老師和學校當局是要積極鼓勵，還是一味壓制；《不要講話》中的大衛和琳西帶頭玩閉嘴遊戲，驚動師長父母，一時也不知如何料理這一群從聒噪者變成寡言的頑童。《成績單》暴露了學校裡成績評估的盲點、同儕的不必要壓力，「天生我才必有用」的說法並不適用於像諾拉這等智商的女孩。

這三本作品表面上似乎在於暴露校園師生對立不安的局面，但實際上，作者是在為校園裡一些長久以來未能解決的共同難題尋找最合理的答案。三本書與其說是孩子與大人對抗的濃縮版，還不如說是孩子對大人設定的規定質疑。他以詼諧幽默的手法，把原本很嚴肅的師生困境，輕描淡寫地化解了。作品深具教育意義，但趣味盎然。小讀者邊讀邊笑，不知不覺中也被作者的說法給說服了。最難能可貴的是，文字嘻皮笑臉，調侃逗趣，但背後一本正經，談的都是當前教育界無法逃避的問題。

作者逃開了說教者的身分，使得作品維持了應有的文學性。正如許多的作品一樣，作者在作品中先給自己製造了不少問題，但同時也得為這些安排懸疑成分的問題找到最好的答案。以《不要講話》為例，學生決定兩天上課期間不講話，而音樂、語言與閱讀、自然這些需要學生大量回應參與的課怎麼辦？作者必須替自己製造的問題找到最令人信服的答案。這方面作者並沒讓大小讀者失望。自然課被問到的學生用限定的三個字分段回答。音樂課則遵照老師的要求，唱ㄝㄝㄝ，跟著節拍一起拍手，通過考驗。語言與閱讀課的波頓先生只要求他們說三個字來編造故事。這些合情合理的解決問題方式使得故事進展更順暢，更能激起讀者續讀的念頭。

三本作品表達的方式雖略有不同，但主旨卻在挖掘學校裡早已存在、缺少深入探討的問題。作者在《我們叫它粉靈豆—Frindle》與《不要講話》中，突顯孩童的嬉戲本質，熱烈參與創造新字及暫停講話遊戲。他們不怕受罰，以嘉年華式的狂歡心態，一起享受美妙的童年歲月，嘻嘻哈哈，終生難忘這段奇妙經驗。《成績單》主題比較嚴肅，觸碰的是比前面兩本書更為棘手的問題，少有歡樂的描繪。書中主角面對分數壓力的抉擇經過，應該會讓天下所有的父母感到心痛、相關的教育工作人員自省一番。

作者不刻意說教，但在書寫中還是流露了他對某些觀點的堅持。《不要講話》中校長對管教學生的基本態度是：「這些孩子必須要學會，在該安靜的時候安靜，該講話的時候講話，該參與的時候參與。」這些話是傳統制式的說法。然而，學生心甘情願執行「不要講話」的規定，以及老師、校長預料之外的反應，使得這本書樂趣橫生。讀者在這些樂趣中，會領略到「顛覆」的美好滋味。

在《我們叫它粉靈豆——Frindle》結尾處出現了一封葛蘭潔老師十年前寫的信，要求尼克去思考世界改變的種種，但她特別強調任何事物的存在都有其道理：「雖然有許多事情慢慢變得不合時宜，但這麼多年來，『文字』始終非常重要。每個人都需要用到文字，我們用文字來思考、書寫、作夢、盼望和祈禱……」短短的幾句話點出了文字的永恆價值。諾拉在《成績單》結尾處，面對校長、專家與父母，講出了她對以成績評分標準來認定學生是否聰明的看法，同時還表示她寧可與一般生在一起，不願轉到資優班的想法，當場得到父母的贊同，故事有了比較圓滿的結局。

校園故事俯拾即是，但要寫得有深度，讓讀者細讀之後，再三思考，卻是對作家的一種嚴苛考驗。克萊門斯在這三本作品裡展現了他的寫作功力。一般人都認為孩子愛講話是天性，男孩與女孩的競爭是孩子最熱中的遊戲，他巧妙地把這二者併在一起。他的情節設計看不出有故意鋪陳之嫌，原創性高。他形塑甚佳的角色經常遭遇到社會現實，同時難免觸及深奧的學術理論，但他筆下呈現的依然十分有趣、自然可親。有人說，最優秀的童書作家能不著痕跡地把不同的寫作方式巧妙地放入小說敘述。克萊門斯的確做到了。

【導讀二】

一張門票，進入孩子喜好的世界

兒童哲學教授
楊茂秀

〈安德魯・克萊門斯〉系列作品，讓我覺得很像在做一連串教育的思考實驗。教育學家杜威博士曾說：「教育其實是一連串不斷的實驗。」他更主張學校其實是社會的一個重要部分，學校本身就是一個社會。這系列作品則將學校的文化，特別是以學生為主體的學校文化，透過小說的方式呈現給我們。

看著他們的故事，我們就好像戴著面具走進學校裡和他們一起生活。人類學家主張戴面具是為了方便說真話。可是，人其實沒有一刻不是戴著面具的，當人戴著這些面具的時候，常常是在說假話；為了說真話，就得再戴上一張面具，這是很有趣的文化現象。這三本書則是將這些面具都剝下來，讓成人世界和孩童的學校世界，在真真假假眾面具之間，在思考與現實、行為與思維、規範與知識、情欲等等這些重要的概念之間，形成各種超現實的戲劇。但為了了解這些戲劇，我們常常陷入教育的困境之中。

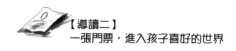

這系列作品，我相信小孩讀起來，會是一個接一個快樂的連續。而成人對這些其實是陌生的，雖然他們自己小時候也曾有過這樣的快樂，可是當他們變成成人、變成老師、變成父母、變成陪伴孩子成長的大人時，從前的經驗老早就被壓到下意識裡面去了。但這些書會將這些感受撩撥起來，不僅重新讓你體驗一次學校的童年生活，也進而能更了解孩子。

《我們叫它粉靈豆— Frindle》這本書，呈現了學校的一種兒童文化，讓尼克這個小孩從眾小孩中突顯出來。從另一方面看來，每一個小孩只要你注意看他，對他夠關心，他都是一個尼克。書中尼克的行為，是在學校裡作實驗，例如他曾將美國北方寒冬裡的一個教室，一步步變成了熱帶的教室，進行一趟「南洋之旅」。他是在教室裡營造了戲劇，而這樣的事之後還不斷地發生。這個故事其實是把教室當成了一個劇場，裡面的導演、演員、場景、劇本，全部都由兒童去主導，於是成人文化在這裡失去了權威。你在此會看到孩子活潑的心思，以及令人隨時都要瞠目結舌的美妙，他們甚至於可以參與學校的改造。我還在這本書中看到了作者對於美國教育現況的尖銳批評，但他卻以兒童的觀點，提供各種改變的藍圖和細節。這是很值得台灣教育界深入思考的一部教育小說。

當我看到《不要講話》時，我看到這翻譯的書名一陣爆笑。因

為我記得一九八三年卡內基基金會發表一篇教育白皮書，評論並警告當時美國教育的落後，因而引起美國教育界認真的反省。當時有考察團來台灣觀摩，看教師在教室裡的運作狀況，他們發現有老師分組教學，每六個小孩一組。當一切的動作都準備好之後，老師說：「各位小朋友，現在開始討論。大家好好討論，不要講話。」翻譯將這段話譯給觀察的教授聽，那位教授是我的朋友，他低聲問我：「怎麼可能？不講話要討論，他們是禪宗嗎？」我告訴他：「其實是翻譯翻錯了，他是說不要吵鬧，不是不要講話。」

其實孩子很多的講話，會被大人認為是吵鬧，而這部小說用這樣一個思考實驗，叫做「不說話的實驗」，來將學校裡言談的文化、思考的方式，以及各種語言現象，做出紙面的劇場，值得我們去觀賞。我相信在這觀賞的過程中，會帶給成人很大的快樂，而如

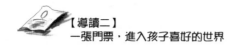

果針對教養的觀念繼續深思下去，則會產生讓人微笑很久的效果。

《成績單》這本書談的又是另外一個教育實驗。它是把教育機構的評量制度拿來細細地剖析，但他所用的語言是文學的，使你讀起來不會覺得那麼無趣、那麼道學、那麼充滿升學升等的沉重壓力。它讓成人誠實地面對教育非常基本的任務，也提供了哲學思考的條件。

我前面說過這系列作品讓小孩讀了一定是樂不可支，但我更看重它讓任何陪孩子成長的成人，像是學校的老師、小孩、家長、雜貨店店員、公車司機、學校外面賣東西給小孩的攤販、護士、出版社編輯等這些人真正能夠深刻反省的價值，讓這些人藉此找到參與孩子的方式，並了解孩子該有的智巧。

讀完這三本書，我把燈關掉，坐在太平洋的海風裡，望著天空，心想：「什麼時候，在我們的文化裡才能長出這種好看又能助人反省，就如同在黑夜裡看見星星、看見月亮這般給人希望又能令人安睡的書。」

The Report Card

成績單

1 爛成績

晚班校車上大約只有十五個學生，因為現在是星期五下午。我坐在史蒂芬斜後方的座位，他正在煩我。

「諾拉，給我看嘛，我的成績單已經給妳看了耶。我想知道我的數學有沒有贏妳，給我看妳的成績嘛，給我看啦！」

「不要！」我說：「不要就是不要，我就是不想打開我的成績單！我每天一定得上學，一定得坐在教室裡，只要老師說開始考試，我就一定得寫考卷。可是，至少這件事我可以自己決定吧，我想什麼時候看成績，就什麼時候看。現在，我的決定是……不看。所以，等下星期一再問我吧。」

史蒂芬是我最好的朋友，不過我不確定他是不是也這麼想。只要他的哥兒們也在校車上，他就絕對不會坐在我附近。大家都認定五年級男生最好的朋友不會是女生，這種想法真是超級無敵幼稚。你最好的朋友就是你最關心的人，而對方也同樣關心你，這就是我和史蒂芬的關係。根本和什麼男生女生無關，就只是這麼簡單的一件事實。

史蒂芬實在很頑固。這兩個多月以來，他非常努力地拼功課，整個腦袋都被成績給塞滿了。所以囉，他當然不可能閉嘴。整整二十分鐘的車程中，他一直講、一直講：「諾拉，給我看嘛！不公平啦！妳已經知道我的成績了，可是我都不知道妳的。我想看一下妳的成績單啦。給我瞄一下，一下就好！」

還有另外一件簡單的事實：當一個人說「不要」時，並不代表他「永遠」都會拒絕。雖然離我們下車的地方只剩一個街區的距離，但我實在無法忍受史蒂芬的碎碎念，再多聽一秒都不行。除此之外，說真的，我也超想知道我的拼字測驗成績。其他科目會得什麼成績我都心裡有譜，可是拼字這一科，我應該是搞砸了。於是我從背包裡拉出成績單的信封，「啪」的一聲放到史蒂芬手上。就算信封上清楚印著我的全名「諾拉·羅絲·羅力」，我也不在乎了。

「拿去！」我說：「這是你的獎品，你獲得的獎項叫作『全世界最煩的人』。」

史蒂芬大喊：「好耶！」不到三秒鐘，他就把成績單從信封裡抽出來了。

史蒂芬突然傻住了，他的嘴巴張得大大的，像是發不出聲音還是吸不到空氣一樣。終於，他連珠砲地爆出一大串話：「不可能！諾拉，一定是搞錯了！諾茵斯老師……還有張老師……還有每個老師！這些成績明明都打錯了！」

我沒理會他的驚嚇，平靜地說：「你只要告訴我拼字成績是多少就好了。」

史蒂芬的眼睛飛快地往成績單下方搜尋，他說：「妳……妳的成績是C。」

「可惡！」我用力踢前面的椅子：「我就知道，慘兮『C』！唉，我怎麼會這麼蠢啊！」

史蒂芬此時一定在想，要是剛剛沒有求我讓他看成績單就好了，他的想法完全寫在臉上。他用力吸了一口氣說：「嗯……諾拉，我真的很不想告訴妳，其實妳其他科的成績是……」

我打斷他的話：「我知道啦。」

史蒂芬完全被我搞糊塗了。他說：「可是，如果妳知道其他科的成績，為什麼聽到拼字是C的時候會抓狂啊？因為妳其他科都是……都是D耶！是D，每一科都D，除了那個C以外。」

「可惡！」我又罵了一次：「爛拼字！」

史蒂芬還在掙扎中。「可是……可是拼字是妳成績最好的一科啊，」為了確定自己是對的，他說：「因為C比D好，對吧？」

我搖搖頭，接著說了不該說出口的事。「不一定吧。如果你想要的是D的話，C就不一定是好的了。」

這句話真的讓史蒂芬陷入五里霧中，不過我不希望他有時間想通這件事。我搶回我的成績單說：「那你拼字的成績呢？」

其實我知道這個問題的答案，因為我早就看過史蒂芬的成績單了。而且，拼字本來就是史蒂芬最拿手的科目。

史蒂芬說：「我……我是Ａ。」

「這是你想要的嗎？」

他瞇著眼睛說：「嗯……是啊……我想是吧。」

「因為努力，你得到了想要的東西，這樣很好。史蒂芬，這是個好成績啊。」

他說：「嗯……謝謝。」

我們在街角下了校車，往回家的方向走。一路上，史蒂芬沒再說半個字。

我知道他很擔心我的成績。這就是他，永遠擔心別人勝過擔心自己。他這種個性啊，就要有像我這樣的人來罩他，這對他來說是再好不過了。

其實我是故意考那些Ｄ的，我就是要滿滿的Ｄ，而那些Ｄ，可能還會帶給我超級大的麻煩。

但是我不在乎。

我考的這些Ｄ，都是為了史蒂芬。

2 我的「事實」

我的房間整個就是一團亂。我應該要在晚餐之前收拾整齊，「不然的話……」這是媽媽的命令。

但我沒有心情打掃，或者應該說我沒有很害怕不聽話的下場。所以我只是躺在床上，思考。這樣的場景時常出現，沒什麼稀奇。有一個非常清楚的想法在我腦中浮現：亂成一團的房間對我來說是最小的問題，而這是一個事實。

我超愛「事實」，因為事實永恆不變。不過，這也是有時候我超恨事實的原因。

我花了很長的時間去發掘關於自己的事實。這個過程就像是花了很多年反覆地實驗，最後終於得出結果，知道到底是什麼造就了我，也才明白了關於我的「事實」。

這是我發現的事實之一：我有健忘症……的相反。我不記得我曾經忘記過任何一件事，所有過去的一切我都記得。我記得那塊柔軟藍布的味道，那塊布塞在我的下巴底下，媽媽用它來接住我喝奶時滴落的牛奶。我還記得在嬰兒床上陪我入睡的小丑布偶帽子上的每個紅色圓點，總共有十二個點。我也記得遊戲床的塑膠護墊上的黃白鑽石圖案，還有我吃過的每一種嬰兒餅乾的味道——就是在我的牙齒從牙床蹦出來以前吃的那些。這一切的一切，我都記得。

躺在床上時，我想到我曾經以為所有人都和我一樣。因為一開始大家看起來和我沒什麼不同，所以我完全沒有想過自己會有什麼不同於其他人的地方。我以為其他人腦中所想、心中所感、眼中所見的都和我一樣。然而，這不是事實。

就是這樣——我的思考模式就是這樣嗎？這又是關於我的另一個事實：我常常像這樣進行分析，而且一直都是如此。

接著我的腦子開始加足馬力，迅速將腦中各個想法一一歸檔。我想到第一次發現自己和別人不一樣的那一天，每一個細節我都記得清清楚楚。

那件事起因於我的姊姊——安。她比我大六歲，所以我們兩個就像活在不同的星球上一樣。每當我們靠近時，安的那顆星球就會和我的星球對撞。

就在我剛學會走路的那個週六早晨，安把五百片拼圖倒在遊戲室的地板上。拼圖盒上印了電影《大青蛙布偶秀》的圖案。

安自認為是超級拼圖專家，我只不過走過去看看而已，安馬上說：「諾拉，妳別過來，這不是幼兒拼圖玩具。走開啦！」

我稍稍後退了一點，不過還是盯著拼圖看。我從來沒怕過安，因為我太了解她了。安只是想要每個人都把她當成統治全宇宙的皇后，低聲下氣地哀求她而已。

一開始，安把拼圖片有圖案的那一面都翻過來朝上放好，她把其中一邊直直沒凹角的拼圖片挑出來，這些是拼圖的邊框。安的習慣是先把拼圖的四個邊框拼起來。

在邊框完成後，安開始找豬小姐的耳朵。這時我彎身向前，把食指放在一片拼圖片上。

「喂！」安大叫一聲，推開我的手。然後她才看清楚，其實我指的正是她在找的那一片。她把那一片拿起來，轉到正確的方向，按進正確的位置中。她瞇起眼睛看著我說：「這邊的拼圖片在哪裡？」她把手指放在拼圖底邊附近的一個缺角。

我再指了一次，當然那一片也是合得剛剛好。

「旁邊缺的那片呢？」安問。

我又指了一次，當然也是合的。這對我來說有什麼困難，我可以馬上就把散落的拼圖片整個看過一遍；不光這樣，我還非常確定每一片應該放在哪裡。本來就該這樣放，很明顯嘛。

安突然冒出一個主意，這不算是什麼好主意。她移到拼圖上應該是綠青蛙科米圖案的地方，把手指放在其中一個缺角的位置說：「在這裡的是哪一片？」

拼圖片散落在拼好的邊框旁邊，我的眼睛完完整整掃了一遍那些拼圖片，其中有一百片幾乎整片都是綠的。安自以為難倒我了，其實才沒有哩。我伸出手，拿起一片拼圖片，交給她。

安說：「諾拉，別灰心啦，至少妳還選得出綠色的，沒有差太多啦。我就跟妳說，這不是幼兒拼圖玩具。閃一邊去吧。」接著，安看了一下她手上的那一片，她的另一隻手指還放在剛才那個缺角上。她把我選的那片轉好方向，拿到那個缺角上按下去。那一片是正確的。

「妳怎麼會知道？」安問，此時她的疑惑遠多過嫉妒。

不過這時我只是盯著所有拼圖片，又拿起另一片。安則把這一片放進拼圖裡，和我剛拿給她的那片扣在一起。

接著，安說：「諾拉，來吧，把拼圖片放進去，只要像這樣，用拇指把拼圖片按下去就好了。從這裡開始吧。」

我可以感覺到安這時用什麼樣的眼神看我，她以前從來沒有這樣盯著我過。我不知道我正在做一件很不尋常的事情，因為對我來說，拼圖真的很簡單。我不用看了一次又一次，也不需要來回試個十次才終於拼對一片。我只需要找出隔壁的那一片在哪裡，找尋的速度不會慢下來，也不會拿錯。

安跑出去叫媽媽過來。這下子有兩雙瞪大的眼睛盯著我看，所以，我停住了。

「諾拉，繼續啊，拼拼圖啊。」安說：「讓媽媽看一下，來，把拼圖片放到正確的地方。」

媽媽接著說：「寶貝，繼續啊。幫安拼拼圖嘛。開始啊。」

這種感覺就像他們用眼神用力地推著我走。他們想要看一場表演，可是我只想作我自己。

所以我一動也不動。

安說：「來嘛，諾拉。拼一片就好了，拜託啦！」然後她抓起我的手，推向那些還沒拼好的拼圖片。

我大叫：「不要！」同時將手大力地抽回來。就是這樣，拼圖秀到此為止。

稍晚一點是我的午睡時間。但我爬出兒童床，爬下了樓梯，進入遊戲室，坐在地板上，把所有的拼圖片一一拼好。我盯著這完整的拼圖很久，上面有豬小姐、綠青蛙科米、福滋熊、動物家族。然後，我把拼圖拆散，把每個東西放回原位。接著回去午睡。

那天，我學到了關於我的重要事實。原來，對我來說平凡無奇的事情，對別人來說卻似乎是了不得的怪事。我也學到了，我不喜歡表演給別人看；還有，我討厭被人家呼來喚去。

那件事之後一個星期或再多個幾天，我已經能分辨出來：媽媽和安在觀察我，連爸爸和哥哥也是。他們不時在看我，想知道我會不會再有什麼聰明伶俐的表現。所以我很小心，我這樣可能有點奇怪，但卻是事實。如果我媽、我爸、安、我哥或是托兒所的小孩用一種很感興趣的表情看我，我就會停下手邊的事。我不喜歡被別人盯著看，所以，我很小心。

幾個月之後，我學會了怎麼閱讀，因為上次的經驗，這次我也很小心。閱讀是美妙的體驗，充滿了驚奇與刺激。可是我沒有將這件事告訴任何人，這是有原因的。我哥哥叫做陶德，他大我三歲，他是老二，安是老大。當我第一次閱讀時，陶德正在唸幼稚園，他完全不知道閱讀是什麼東西。於是我心知肚明，如果有人知道小小孩諾拉會閱讀，事情就嚴重了。而且，我想這樣或許會讓陶德感覺很差或是對我大發脾氣，也可能兩種情形都會發生。另外，我不想讓媽媽和爸爸把我的床邊說故事時間改成自己看故事時間。所以，我還是把「我會閱讀」這個事實當成秘密藏起來。

我仍然躺在床上，思考再思考。我想起了那張成績單，這是我五年級生涯的第一張成績單，上面有滿滿的D，這些D已經成為一個事實。忘記這件事實幾分鐘的感覺很好，不過，忘記事實並不會讓事實消失。

我也知道，不用多久媽媽就會大喊晚餐時間到了。

我從床上跳起來，走到書桌前抓起成績單，舔了一下信封口，膠水的味道很糟。等了一秒鐘，我把信封封口壓平黏好。現在成績單藏好了，密封在這醜斃了的棕色再生紙信封裡面。我甚至還壓了壓上面的黃銅固定夾。

　　接下來，我快速地分析了一下我到底做了些什麼。我知道為什麼我要把這封信藏起來，因為那些D就像個定時炸彈，滴答……滴答……滴答……砰！爆炸無可避免，而我正在努力拖延最後倒數讀秒時刻的到來。

　　想要得到那些D並不是一時興起，我已經計畫了很久，我非常確定這個計畫是合理的。不過，爸媽看到成績時一定會抓狂。

　　我必須面對一個事實：關於這些D，我必須給個說法。

　　要說的絕對不是和史蒂芬有關的部分，不能說出這些D跟他有什麼關係。

　　和史蒂芬有關的部分，要很久很久以後才能說。

　　或許永遠都不說。

3 學校和史蒂芬

很快的，媽媽叫我下樓吃晚餐了。吃完晚餐後就是「宣讀成績單」時間。到那時候，炸彈就爆了！

我的過去在我眼前快速閃現，就像一則晚間新聞的報導畫面。回憶持續湧現，無法中斷，我很清楚此刻湧現的是從我第一天上學以來的點點滴滴。

又一個事實從回憶的檔案中浮現出來：我的幼稚園生活從一個「壞的開始」揭開序幕。

這麼說的主要原因是，在我剛進菲布魯克小學附設幼稚園的前兩個星期，我每天都躲在布里居老師教室的桌子下，假裝自己是一隻貓。我喵喵叫或發出嘶嘶聲，而且在點心時間把牛奶倒進從家裡帶來的塑膠碗中，這樣我才能用舌頭舔牛奶喝。

「我是貓」的行為，在每天的十一點五十三分結束。然後我會爬起來，把膝蓋上的灰塵拍掉，穿上夾克，準備坐校車到下午的安親班去。

「我是貓」的把戲可以回溯到幼稚園開學前一個月，我讀到國家地理雜誌上關於美洲豹的偉大文章，然後又蒐集了和貓相關的所有知識。我覺得貓真的很神，如果能知道當一隻貓是什麼感覺，一定很好玩。這就是「我是貓」的由來。

不過我決定在學校變成一隻貓的真正理由，是因為我知道幼稚園的課程對我來說太簡單了。如果我規規矩矩上課，每個人都會覺得我實在表現太好，而表現太好會讓我看起來和別人不太一樣。但以「當一隻貓」來展現不一樣，對我來說輕鬆許多。

沒有人想得到一隻貓會喜歡閱讀《大英百科全書》，也沒有人猜得到一隻貓會背誦三十八首《童詩花園》中的詩。

沒有人能預料到一隻貓會看西班牙語電視節目而自修學會西班牙文，也沒人想得到一隻貓會對地圖、歷史、考古、天文、太空旅行，或是像「*Felis catus*」是家貓的拉丁文學名這類的事有興趣。

我很聰明，但是我的人生經驗並不多，我當時只是個五歲的小孩。所以，我失算了。我以為只要學校的每個人都習慣我裝成一隻貓的這個主意，他們一定會把我放在一邊，不再管我。

當然囉，這法子在學校是行不通的。

布里居老師馬上就把媽媽請到學校。媽媽很苦惱，後來她跟爸爸說，於是爸爸也很心煩。

我一直很愛媽媽和爸爸，可是他們實在太容易興奮，尤其是對學校發生的事。這就是為什麼我老是把我的某個部分——聰明的部分隱藏起來不讓他們知道的原因。再說到幼稚園那時吧，爸媽甚至不知道我已經學會閱讀了。說真的，把聰明當成秘密隱藏起來，對我來說早已不是什麼難事。我媽媽在房地產公司工作，我爸爸自己經營生意，他們還要做家事、整理庭院，加上照顧三個小孩。而事實就是，媽媽和爸爸永遠比麻雀還忙。我從來不想引起他們的注意也不想惹麻煩，所以大部分時候我都可以獨處不受干擾。我很小心，不要讓爸媽為我擔心。從很小的時候開始，我就花了很多時間看書，而且我確定他們有注意到這件事。不過他們一定認為我只是喜歡看書上的圖片而已，而且我也花很多時間看電視。

別以為我是那種怪怪的、木訥古板、遠離人群的書呆子；如果我是這樣的人，他們一定會非常擔心。我在托兒所和社區裡都有朋友，我喜歡踢足球，也喜歡在外面閒晃。爸媽一直認為我是個普通的小孩。

後來我去上學，成為幼稚園學生。

所以，爸媽現在很擔心，他們去找漢克寧校長，甚至連特殊教育老師和心理輔導顧問也加入了，學校的每個人一致判定我有學習障礙。我可以感覺到所有人都開始用某一種眼光看我，而我不喜歡這種感覺。我不想要讓大家覺得我犯了什麼錯，所以兩個星期後，我知道我該停止當一隻貓了。

但我不想開始作回我自己，這樣似乎也挺危險的。

我想了又想，想出一個簡單的方法：不要當一隻貓，來當「複製貓」！我決定每天模仿班上的某一個小孩，一天換一個。這樣我就會變成幼稚園中其他兒童的動態平均值。

所以某個星期三早上，我不再鑽到桌子底下，我挑了一個小孩來複製。我開始學史蒂芬・寇帝斯所做的每一件事，沒有真的完全一樣，不過非常相似，而且他不會知道我正在複製他。

當史蒂芬坐在教室的地毯上，看著蘇珊幫布里居老師挑出這週正確的一天並拿出那一天的日期板，我也一樣坐著、看著。

當史蒂芬拿出拼圖，我也照做，而且我花了和史蒂芬一樣長的時間拼拼圖。

當史蒂芬開始玩積木，我也照做，而且我試著讓我的積木房子和史蒂芬的有幾分相似。

當史蒂芬坐在位子上，試著用鉛筆畫出字母「A」，我坐在他附近，用蠟筆畫個「B」。我可以完美無缺地寫出所有的字母，還有幾百個完整的拼字。可是我讓事情看起來是：我寫「B」這個字母的困難程度和史蒂芬寫「A」一樣。

這個上午很快地過去了，我很驚訝的發現，史蒂芬做了那麼多事情，內容包羅萬象。幼稚園對我而言有了全新的意義，這裡變成我的實驗室。

第二天，我選擇當凱特琳。她把珠子串成一串項鍊，我照做。她在戲劇表演區演出，我也照做。她畫了幾隻彩色的蝴蝶，我也照做；而且在戶外遊戲時間時，我甚至還參加凱特琳和其他三個女生的捉人遊戲。對我來說，這是另一個別富教育意義的一天。

由於我的行為突然出現大幅度的轉變，布里居老師覺得很震驚也很興奮；特殊教育老師也是；當然，我爸媽也是。自從我變成一個中間值的普通小孩，我的壓力立刻停止了。

然而，我的研究才剛開始呢。海倫、羅拉、羅納、凱西、菲力普、傑瑞米、凱倫、詹姆斯、金、蘇珊、艾略特……一天又一天，我扮演複製貓，當不同小孩的影子。每天都是新鮮有趣的。我覺得自己就像是這個班級的一份子，我喜歡這種感覺。

我也體會到：我喜歡我的聰明。幼稚園生活讓我明白一個關於我的重要事實：我是一個天才。大部分小孩很難做到的事，對我來說卻很簡單。我看到其他小孩努力學習字母怎麼寫，努力學習每個字母的發音，費盡力氣只是要用手指握住鉛筆或是拿穩剪刀而已。我知道他們沒有半個人想的事情跟我一樣，也沒有人有能力和我讀同一類的書。梅根是班上除了我之外唯一能閱讀的小孩，不過她讀的只是簡單的圖畫書而已。

日子一天天過去，我越來越清楚我領先大家的幅度有多大，儘管如此，我並不認為自己比其他小孩更好。了解他們越多，我就越羨慕他們，他們能夠全心全意努力學習，使我非常驚訝。我明白我不需要像他們那樣學習，而且我從沒能擁有那種經驗。學校對我的意義和他們不一樣；正確的說，每件事情對我來說都不一樣。

幼稚園和我同班的小孩有十五個，一天一個，我輪流複製了他們每個人一次。大約兩星期後，我又從史蒂芬開始了第二輪的複製。這是很棒的方法，因為我立刻發現他有了些進步。史蒂芬必定很認真練習寫字母，因為現在他已經可以完美的從A寫到O了，除了大寫的G還是每次都左右顛倒之外。我很想幫他一把，可是我知道，如果我想守住秘密的話，就不能冒這個險。所以我也選了D，把D寫成左右顛倒。我是這樣想：再兩個星期又到複製史蒂芬時，或許他的G就會轉回來了。

可是要等兩個星期實在太久，我等不及了。

這是第二天起我跟蹤史蒂芬的原因，然後接下來三天也都是，再接下來一星期也還是。一連九天，我看著史蒂芬做的每一件事，聽到他說的每一句話。這是一場深度學習之旅。

史蒂芬不是班上最聰明的小孩，我很清楚這件事。但史蒂芬真的很認真，對於他做不到的事，他很有耐心，而且永不放棄。遇到困難的事情時，史蒂芬不會對自己生氣，他會乾脆先離開一下，過陣子再回頭重新來過；他終究會解決問題，只是時間早一點或晚一點而已。有時他喜歡一個人坐著，看著窗外發呆，或是用鉛筆或蠟筆隨意畫出一些形狀。他看圖畫書時不只是「看」而已，而是「研究」圖片。當史蒂芬玩遊戲時，他也總是誠實公平。對我而言最重要的是，在我觀察他的這段時間內，史蒂芬從沒說過或做過一件卑鄙的事或大發脾氣。連一次也沒有。他對任何人都是這樣，即使別人先對他做了什麼卑鄙的事。

某個星期一早上，史蒂芬缺席，星期二和星期三也是。星期三晚上，我差點要打電話到他家確定他沒有死掉還是出什麼事。「如果學校裡沒有史蒂芬的話……」這個念頭突然變成我有生以來所能想像到最糟的事。當他星期四早上從校車上走下來那一刻，我真想衝過去給他一個大擁抱。當然，我沒有這樣做。

就在這時，我決定要讓史蒂芬變成我最好的朋友。他是這麼棒的人。我想，還有誰可以比史蒂芬更好呢？而且假如史蒂芬是我的朋友，我就能幫他了，因為這是朋友該做的事。

在我唸菲布魯克小學的第一年裡，最棒的事就是有了史蒂芬・寇帝斯這個朋友。三年級時，最棒的事情就是史蒂芬家搬到和我家同一條街上。在我認識史蒂芬這五年中最棒的事，就是我和史蒂芬一直被分到同一班，給同樣的老師教。

所以我最好的朋友一直是史蒂芬，而且我一直在幫他，很小心的，絕不愛現，絕不賣弄聰明。只是有時候給他一點友善的幫忙，都是些微不足道的小事，我就像是他多出來的老師；不過，多半時間史蒂芬甚至不知道他需要幫忙，也沒發現我正在幫他。

就在四年級的時候，史蒂芬開始有了改變。四年級剛開學時，我們都要參加一個大規模的「康乃迪克精熟測驗」，改變發生在測驗結束之後。史蒂芬沒拿到好分數。我知道他沒考好的原因。我看到他考試時不時表情扭曲、咬鉛筆，而且每隔幾分鐘就抬頭看時鐘，這些動作表示他感到壓力臨頭。即使我們在上課時已經花了很多很多很多個小時來準備這場考試，結果仍然會是如此。我的意思是說，就算沒有給他壓力，他還是考不好的。就像我之前說過的，這是因為在課業方面他是成績中等的學生，而壓力不會幫他進步，這是一定的。所以，史蒂芬的得分在精熟測驗的排名就落在比較後面，但也沒有到糟糕的地步，只是比較後面而已。

我的分數也不怎麼樣，因為我事先在網路上完整收集到這個測驗的所有資料。我已經算好在每個單元中應該做錯幾題，好讓我看起來是一個中等程度的學生。我爸媽不會太喜歡這個分數，但他們還能做什麼呢？在一年級、二年級、三年級時，我一直是成績中等的學生，事情就是這樣，這次的大考試只不過證明了這件事而已。

所以囉，我一點都不在意我的康乃迪克精熟測驗的分數。

可是因為某些原因，史蒂芬很在意。他非常在意他的分數，從他說過的話來看，我猜他的爸媽應該有答應要給他很大的獎勵，如果他得高分的話。

我馬上注意到史蒂芬的轉變。每當他的作業或考試分數變差，他就會很氣自己。他擔心考試的事，即使是他最拿手的拼字測驗也一樣。有時候他甚至會裝病，這樣他就可以回家，不用待在學校。史蒂芬以前從來不會這樣，最糟的是，他不再像以前那樣快樂了。

我們的四年級導師是羅森女士，她是位很棒的老師。她說過，考試分數不代表什麼。她將考試成績稱為「拍立得」，只是把我們現在的學習情形拍下來，給我們一個機會了解自己，並且找出需要改善的地方。她說，別擔心現在的分數低，因為還有很多時間可以改善。她說的都是真的，我完全能了解。可是我發現史蒂芬不相信羅森老師，他覺得他再也做不好學校的功課，對他而言，對付學業根本是場艱苦的戰爭。

史蒂芬不是唯一這樣想的人，所有的學生都開始記錄考試分數和家庭作業的成績。學校突然完全變成競賽的地方，而分數是唯一能分出勝負的方法。無論功課或考試都是一場場的比賽，我甚至還親眼看到兩個學生在拼字測驗時作弊。

在四年級過了一半時，我們班上有三個學生被選上參加資優課程。這些資優生會被編入特別班，讀特別的書，有特別的老師，而且如果他們很努力，就會一直被往前推進，甚至跳級升學。於是上學變成是在參加一場大型比賽，而資優生好像已經贏得了勝利。

還有一個原因，班上的每個學生開始把自己歸到聰明學生、中等學生、笨學生三種中的一種。這真的很糟糕，因為史蒂芬開始認為他是笨學生中的一員。這當然不是真的，完全不是，對任何學生來說都不是，偏偏這就是史蒂芬的想法。

對史蒂芬來說，四年級是痛苦的一年，對我來說也是，沒有人會在最好的朋友不快樂的時候，還可以感到快樂。

四年級結束時，史蒂芬覺得很開心，好似他的麻煩已經終結，暑假一定會很好玩，就像以前一樣。

可是這時我已經看到即將到來的五年級會怎麼樣了。史蒂芬還不知道五年級會發生什麼事，他只有一個弟弟，所以史蒂芬是他家第一個要從康乃迪克州的菲布魯克小學畢業的學生。

我就不是這樣了。我很了解菲布魯克小學五年級的事，我看著安唸完五年級，接著是陶德。五年級，是安開始變成可怕的「A製造機」的時候，這是在爸媽全力推動下發生的。五年級的分數跟國中、高中一樣，是真的用字母來打成績，不再只是可愛的「+」、「−」、「✓」了。五年級的分數是玩真的，分成A、B、C、D、F。五年級的分數決定哪一個小孩在國中時可以跳級唸數學班，哪一個小孩可以唸進階英文班、外語課程，或是密集科學課程。在康乃迪克州的菲布魯克小學，五年級的成績事關重大。

如果史蒂芬被精熟測驗和四年級這些小比賽搞得一團亂，那五年級將會比四年級糟糕十倍。一旦史蒂芬對上五年級，那必定像火車對撞一樣慘。

從五年級第一個學期開學，我清楚看到這件事開始發生，而且事情只會越來越糟糕。

除非有個人可以想出個辦法幫他一把。

這是我的任務，因為這就是最好的朋友應該做的。如果我有能力，我就要出手幫忙。

在媽媽大叫「吃晚餐了！」的同時，我的腦子裡正在思考的就是這些事。

「別忘了，」她朝樓上叫安、陶德和我：「請帶著成績單到餐桌上來。」

4 宣讀成績單

我們全家正在餐桌上吃晚餐。媽媽煮了滿滿一桌豐盛的菜，菜色有：牛排、烤馬鈴薯、水煮青豆、新鮮水果沙拉、熱奶油捲餐包、奶油、草莓果凍。餐桌鋪上了白色的桌巾，上面有餐墊、長長的綠色蠟燭和高級銀餐具，甚至還有布餐巾。

每到成績單之夜，我們的晚餐就會非常豪華。那些什麼漢堡、起司義大利麵、焗烤鮪魚麵等等，絕對不會出現在成績單之夜。

正餐吃完，接著送上甜點。一樣是頂級的蘋果派，使用二十七號公路果園的高級新鮮蘋果製成，外加一球香草冰淇淋。

不過我沒有很餓，這樣的陣仗讓我想起監獄死囚在行刑前的最後一餐。

點心吃完，盤子也收掉了。我們都在餐桌前就定位。媽媽說：「好，今晚誰要第一個來宣讀成績單？」

這是一個沒有意義的問題。宣讀成績是一個完整的儀式，程序非常嚴謹。首先一定是由安開場宣讀，第二個是陶德，最後是我。

安說：「我先來。」她沒有笑容，完全是公事公辦。

安今年讀高三，個子高高的、金髮、很有運動細胞而且很有衝勁。也可以說她還滿漂亮的。大家都說我跟她長得很像，除了身高以外。其實我的頭髮比較紅，不是金色的，而且我將很有衝勁的個性隱藏起來。所以我覺得那些說我們很像的人，一定是瘋了。

安被選為高三的學年代表，又是學校女子曲棍球隊和女籃隊的隊長。她還是去年學校數學全能競賽代表隊中最年輕的成員，而這個代表隊則是有史以來第一次取得州競賽的資格。安正在修四門進階班和一門高等班的課程，她努力要提早一學期從高中畢業。她想拿獎學金去唸喬治城大學的國際關係系，用「很有衝勁」來形容她真的非常貼切。

媽媽微笑著說：「很好，我們來聽聽安的成績。」

安打開她那張電腦列印的成績單。我知道接下來會如何，每個人都知道接著到來的是什麼。

安開始宣讀：「高等化學A^+；進階英文A；進階世界史A；進階物理A^+；進階西班牙文A；物理教育A^+；混聲合唱A^+。駕駛訓練課程是A^-，可是這門課的分數不列入名次的計算，所以不會影響我的排名。」

「安，妳好棒！」爸爸笑了，露出一排牙齒，像鋼琴的琴鍵一樣。他說：「妳的成績已經沒有太多可以進步的空間了，成績單就該是這樣子。太好了！真的很棒！」

媽媽說：「安，妳要以自己為傲喔，妳所有的努力都沒有白費。」然後她轉頭看我這邊，說：「好啦，下一個是誰啊？諾拉還是陶德？」

又是一個沒有意義的問題。陶德的人生中從來沒有讓我排在他前面的紀錄。他說：「是我。」

陶德唸八年級。他有很多朋友，興趣很廣泛，比如騎登山自行車、滑雪、玩電吉他，他還是個熟知一九六〇年代搖滾大小事的怪胎。陶德在學校最拿手的運動項目是足球，不過他不是明星球員，這點跟我不一樣。我是明星球員，我的足球很強，這絕對不是吹牛的，這是個事實。對陶德來說，學校功課並不是很容易，尤其是閱讀這件事。但媽和爸支持他，所以他非常用功，他的分數也反映了這件事。

陶德清一清喉嚨，瞪大眼睛看看爸爸、媽媽。他深吸一口氣，撥了撥覆在額頭上的褐色直髮，開始宣讀。陶德每次都從最好的分數開始：「體育A^+；數學A^-；自然B，嗯，不對，是B^+；社會B。還有，英文是B^-。我只有兩科在B以下。」

媽和爸體貼地點著頭，媽媽說：「嗯，陶德，你的成績很不錯了，可是我覺得你能做到的不只是這樣，對吧？尤其是英文才拿到B^-而已，我想你應該有點失望。上個月家長會時，佛洛德老師說你應該花更多時間學習英文寫作，而且要更認真做課外閱讀作業。你覺得這樣是不是會有幫助呢？」

陶德點點頭說：「嗯，我想是會有幫助。不過，媽，我還是要說，我平均得到的成績是B，這樣已經很好了。你應該去看看湯姆的成績單。」

「可是我們現在不是在討論湯姆的成績。」爸爸收起笑容：「我們是在講你的事。你已經快要上高中了，應該更認真一點。現在你的成績可能只能上州立學校或是很小又很偏僻的學校。這種成績沒辦法讓你進好學校的，完全不可能。現在是該做點正事的時候了，你同意嗎？」

陶德露出羞愧的表情，點點頭說：「好，好的。我會……會做得更好。我會的。」

接著，所有人的眼睛往我這邊看過來。

我的臉頰熱熱的，我沒有好好計畫這一段。本來我以為大聲宣讀我的成績不是個問題。可是，這的確是個問題。

在媽媽發問之前，我開口了：「我不想宣讀成績。別跟我說什麼五年級的成績很重要，因為我知道事實上並不是。只要用半個腦子把一大堆愚蠢的資料背起來，就會有好成績了。考試和分數，還有這所有的事，都是……都是蠢到不行。」

空氣瞬間凝固。

接著，一個冷靜的聲音劃破寂靜，是爸爸說話了：「請宣讀妳的成績，諾拉。」

我搖搖頭說：「你們可以用看的，如果你們真的想看的話。可是，我就是不要宣讀成績。我的成績是我的事，和其他人無關。」

爸爸開口想說些什麼，這時媽媽阻止他，接口說：「諾拉，我知道這對妳可能很困難，可是這很重要。妳現在已經五年級了，妳必須接受這個事實，成績很重要，而且事關重大，所以，請宣讀妳的成績。我們都知道每個人是不一樣的，沒有人應該跟別人做一樣的事。我們不會拿妳和陶德或安，或是其他人做比較。我們只是想要讓你們能說說學校的事，了解一下你們的課業，一家人在一起聊聊天而已。」

我沒有讓步。「沒有什麼好聊的，我可以先離開嗎？」

這些話讓爸爸忍無可忍。「不行！」他大吼：「不可以離開！不准離開餐桌半步，除非妳對全家大聲宣讀妳的成績！」

我拿起密封好的成績單信封，放在我的餐墊中央。「好，」我說：「隨便你們想坐多久就坐多久，我就是不要宣讀我的成績。」

漫長的三分鐘，靜悄悄地過去了。我把手臂交叉在胸前，頭趴在餐桌上。

陶德清一清喉嚨說：「爸，湯米的媽媽十分鐘後會來我們家。她要載我和湯米一起去看電影，現在我該去準備一下。所以我可以先離開嗎？求求你。還有，可以給我零用錢嗎？」

五分鐘後，餐桌前只剩下我一個人。

九點半左右，我把三張椅子併在一起，這樣我就可以躺下來。我把鞋子踢開，移開一堆東西，還把桌子清空，然後將桌巾往身上拉，這樣就可以把桌巾當被子用。

我很想睡了，所以我不確定那是幾點，應該很晚了，我聽到媽媽說：「吉姆，把她抱到床上去吧。這一回合是她贏了，我們必須承認這件事。」

我繼續閉著眼睛。

爸爸說：「好吧，這小傢伙真是頑固。其實我相信她有能力變成一個大律師。不過，前提是她必須先進得了法律系才行。」

我聽到紙張被撕開的聲音，我知道那是什麼動作，他正在打開我的成績單。

我聽到他急促的呼吸聲，然後是：「老天！怪不得諾拉不想宣讀成績！這……卡拉，妳看……全部都是D！每一科都是，除了拼字以外，而且拼字也只有C而已！」

「天啊！」那是媽媽的聲音：「我真不敢相信！怎麼可能會有這種事？」

爸爸說：「好，那我們現在就搖醒她，叫她起來說清楚！」

媽媽說：「吉姆，不要這樣，現在不是時候。可憐的孩子，你想想看，她一定對這麼糟的成績感到無地自容。把她抱上樓去吧，一切等明天再說。」

我感覺到桌巾從我的背和腳滑走了，然後爸爸強壯的手臂把我抱起來。

爸爸花了不少時間把我搬到床上去。

我聽到媽媽在我們後面的樓梯上說：「小心點，別讓她的頭撞到東西。」

爸爸低聲地說：「像這種成績啊，就算撞到腦子也沒什麼傷害可言吧。」

媽媽說：「一點都不好笑。」

我很慶幸他們沒有打算幫我換睡衣，因為這樣我一定會因為被搔癢而笑出來。媽媽只幫我脫下襪子，把被子往上拉到下巴，輕輕親了一下我的額頭，然後就關上房門離開了。

我睜開眼睛，望著這一片漆黑。

我想確定自己是不是已經將整個計畫想清楚了。首先我要想清楚，計畫所要實現的目標是什麼；接著，我要把每個步驟好好地想一次；還有，我要怎麼樣用這些步驟引導別人採取行動。我想了很多很多，這是我擅長的。

可是我在想，不管哪一個步驟都可能出錯，這樣的話，我是不是已經想好夠多辦法來解決每一個可能發生的問題？

躺在黑暗中，我面對著一個事實：在我行動之前，我不可能知道我的計畫會成功，還是失敗。

5 禁足

星期六一早，安和陶德還在床上睡覺時，我已經起床走進廚房。爸媽早就坐在餐桌前喝著咖啡。我感覺得出來，他們已經等了我一陣子。

我不喜歡計畫中的這個部分。這個部分將會使爸媽很難受，而計畫的其他部分也會發生類似的情形。這對他們真的不公平，可是我也沒辦法。畢竟在這裡，我不是有權力訂定規矩的人。

媽媽甚至連早安都沒有說，就直接切入正題：「我們昨晚看了妳的成績單了，諾拉。」

爸爸搖搖頭，咆哮起來：「我這一生中從來沒看過這麼爛的成績單，我自己也從來沒有得過這種成績。」

我說：「我不想談這件事。你們看到了，我得了很多D，還有一個C。這就是我的成績，我不想談這件事。」

「拜託妳，諾拉。」媽媽說：「妳考這麼差一定有原因吧？妳是不是不開心？學校裡是不是有人欺負妳？還是妳身體不舒服？或是什麼別的原因？」

我搖搖頭，同時眼睛往櫃子上那一排早餐穀片盒掃過去。我把玉米片倒進碗裡，說：「媽，我不想談這件事了。我考成這樣，事實擺在眼前，就是這樣。」

爸爸暴怒地說：「就是這樣？小姐，妳被禁足了！事情就是這樣！既然妳不想說出秘密讓我們幫助妳，那就只有這個方法了。在妳願意合作之前，妳只能待在妳的房間裡。」

我喀啦喀啦地咀嚼我的早餐穀片，吞下去，又喝了一小口柳橙汁，說：「我沒意見。」然後我說：「我可以讀書嗎？還是只能坐在角落看著壁紙上的印花？」這些話跟我平常說的比起來，真的非常沒有禮貌，可是這也是計畫的一部分。

媽媽伸手拉住爸爸的手臂說：「諾拉，不可以沒禮貌。其實妳知道該怎麼做，而且妳也知道我們心裡在想什麼。我們只是想要幫妳一把，可是妳得先幫我們啊。」

我看著他們說：「可是我不需要任何幫忙。我有要求你們到學校幫我考試嗎？我有要求你們幫我作課外閱讀嗎？還是要你們幫我寫功課嗎？我不需要幫助。」

他們不再說話，我也是。吃完最後一湯匙的早餐穀片後，我捧起碗，喝掉剩下的牛奶，然後舔一舔上唇。我把餐巾放在桌上，站起來，把碗、湯匙和玻璃杯放進洗碗機裡面。接著我說：「我要回房間了。」

這個星期六早上的其他時間，我都用來閱讀《大英百科全書》中關於中國歷史的文章。這篇文章很長，大概有五十萬字，我已經幾乎花了一整個星期消化這篇文章，但也只讀到西元一三六八年明朝剛開始的時候。可以有這段強迫閱讀的時間，我覺得很棒。

我被允許離開我的房間去吃飯，還有星期天早上跟大家一起去教會。不過一回到家，我就得回到我的小監獄中。

星期天晚上八點左右，媽媽進來我房間。她坐在床邊，我正在讀書。我知道她的來意，解除禁足的時間到了。這件事我早就料到了，除非你是有地方可以鬼混的青少年，擁有一票朋友，大家身上還要有錢可以花，不然禁足就是一個非常無意義的懲罰方式。

果然，媽媽開口說的是：「諾拉，妳爸爸和我決定要解除妳的禁足了，但是，我不希望妳誤以為我們不在乎這件事。這樣不像妳呀，諾拉。」

我抬起頭來說：「不像我？那我像什麼？」

媽媽笑了：「為什麼這樣問？妳很甜美可愛、很體貼，妳總是想把每件事做到最好，諾拉，這才是妳啊。」我低哼了一聲，不過媽媽當作沒聽到這個噪音。「如果妳想要人幫忙的話，」她繼續說：「妳夠聰明的，知道該怎麼開口讓別人幫妳。」

「媽，我跟妳說，我不需要任何人來幫我。而且，我哪有甜美可愛？我哪有體貼？」

媽媽仍然將焦點鎖定在她的主題。「要別人幫忙不是什麼不好的事，我們都需要別人幫助。此外，妳一定也不希望別人認為妳不關心自己的功課吧。諾拉，分數真的很重要，所以，不管妳喜不喜歡，明天早上我和妳爸爸要做的第一件事，就是去學校和漢克寧校長談一談。明明是中等程度的學生，竟然出現全部都是D、只有一個C的成績，這一定是哪裡出了問題。而且妳爸爸和我完全沒有收到任何學校發的警訊，一個字都沒有，學校好歹應該給個說法。」她停下來，目光在我臉上搜尋著：「諾拉，妳聽懂了吧？我們並不是想讓妳出糗，但是我們一定要去了解這件事的原因。」

我聳聳肩說：「我當然聽得懂。」我的確聽懂了。我很確定他們在看完那些分數後一定會去學校拜訪。

媽媽站起來離開，但她走到房門口時停了下來，轉身對我說：

「我們很愛妳，諾拉。」

我抬頭看著她說：「我也愛你們。」

這是一個事實。

但是當我躺在床上的此時，我有點懷疑媽媽在一兩個星期後，還會不會這樣說。

6 監視

「所以，妳被禁足了嗎？永遠？」

這是星期一早上我和史蒂芬在校車站牌相遇時，他的第一個問題。他應該試著在星期六或是星期天打電話給我。這段時間他不常打電話給我，就算打了，也只是問一下作業的事。

「沒有。」我說：「我沒有被禁足，我是說現在沒有。但是我爸媽今天上午會去找校長談一談。所以，等著瞧吧。」

「我不懂耶。」史蒂芬說：「妳怎麼會考那麼爛，妳從來沒有考爛過我耶。」

我假裝沒聽到他的爛文法，聳聳肩說：「這次不就是了嗎？」

我看得出來他還有一大串問題想問，可是這時李和班走過來，班大叫：「喂，史蒂芬！你知道嗎？這次的成績讓我得到四十美元的獎勵耶，我買了一個遊戲軟體，是新版的模擬市民喔！」班完全當我是隱形人。

這是另外一件五年級時才發生的事，只要有史蒂芬的好哥兒們在場，他就不當我是他朋友。不過我不覺得這是件大事，況且在往學校的車上，我還有很多事情得想呢。

我的第一堂課是語文。每個星期一的語文課，諾茵斯老師都會帶我們去圖書館。從大辦公室穿過大廳，就是我們上課的多媒體中心。於是我抓了一本《時代》雜誌，找一個可以清楚看到大廳入口的位子坐了下來。我假裝在看雜誌，其實是在進行監視任務。

九點七分，媽媽和爸爸出現了。我看到漢克寧校長走出辦公室，和他們握手。然後他們跟著校長走進去，門隨後被關上。

九點十四分，圖書館的廣播響起，是校長秘書的聲音：「諾茵斯老師，請到大辦公室來。」

諾茵斯老師穿過大廳，秘書帶她進入校長的辦公室。

九點十六分，諾茵斯老師快步走出辦公室，穿過大廳朝教室走去。不到一分鐘她就回來了，還是很匆忙的樣子，而且她手上拿著一個東西。那是她的綠色成績登記簿。

我知道校長室裡會發生什麼事情。

九點二十三分，爸媽離開了。我把頭埋在雜誌後面，以免他們看到我。接著警報解除。

諾茵斯老師又走進圖書館時，我把視線保持在我面前這本雜誌上，但其實我可以清楚看到周遭的情形。諾茵斯老師正在看我，那是一種意味深長的眼光。接著，她走到圖書館員的辦公室裡，關上門，開始和拜恩老師說話。一分鐘後，我偷瞄了她們一眼，她們正在看我。

第四節課是數學，諾茵斯老師一定也跟張老師說了我的事，因為在我們複習作業之後，張老師直直盯著我說：「諾拉，妳聽得懂嗎？」後來她發給我們新功課時，她走過來要我在她面前當場做兩個題目。她以前從來沒有這樣過。

一整天都是這樣。所有的老師都特別注意我，有點像是隨時在調查我。我完全明白原因是什麼。

大部分的小孩認為考試成績不好是自己的問題，但其實不是這樣。事實上，當學生考試成績很爛時，也表示老師的成績很爛，校長也是。不只如此，這更表示整個學校、整個鎮、整個州的成績都很爛，別忘了還有家長們。一個小孩的爛成績，其實就是每個人的爛成績。

放學後，我匆匆忙忙跑到多媒體中心，因為我想要在所有電腦都被人佔滿之前趕到。

我從一年級開始，每到放學後就待在那裡進行課後活動，我可以選擇體育館或是圖書館，不過我幾乎都是選擇圖書館。史蒂芬也在學校作課後活動，因為他的爸媽都在工作，和我家一樣，不過他只有偶爾去圖書館而已。

現在沒有人在使用角落那台我最愛用的電腦，所以我趕快坐下來，輸入我的密碼。系統接受我的登入後，我開啟網路瀏覽器，到

Google 搜尋引擎，打上「康乃迪克精熟測驗」，結果出現了很多筆網頁。我點進我最愛的那一個，這裡列出了州政府應該改善精熟測驗的九項建議。上網了三分鐘左右，拜恩老師朝我這邊走過來，我趕快把螢幕切換到兒童網頁，講的是洋流的知識。我不希望她知道我在研究些什麼。

拜恩老師對我微笑說：「諾拉，剛才我接到漢克寧校長的電話，她想跟妳聊一聊，就在她的辦公室。」

「現在？」我問：「今天嗎？」

她點點頭。「她是這樣說沒錯，我陪妳一起走過去，好嗎？」

我說：「好啊，我可以把東西留在這裡嗎？還是必須帶走？」

「帶著比較好，」她說：「確保安全。」

我抓起書包和夾克。我的思緒以每小時百萬公里的速度飛快轉動著，和漢克寧校長談話並不在我的計畫中。

那又如何？我對自己說：你本來就知道像這樣的事情遲早會發生吧？所以就算進度大幅超前又怎麼樣？小事一樁，安啦！

在我們走到校長辦公室時，我已經讓自己冷靜下來。

小事一樁，我再次告訴自己。

門打開了。

我錯了。大錯特錯，事情大條了。

爸媽坐在又大又寬的會議桌前，還有諾茵斯老師、張老師、音樂老師卡德女士、美術老師普力爾小姐、體育老師麥肯先生、心理輔導顧問秦德勒博士。

拜恩老師跟我一起進來，坐在諾茵斯老師旁邊。

他們都坐在那裡，所有教我的老師，還有我的爸媽，還有心理輔導顧問，還有校長。

漢克寧校長站起來，她對我微笑並點點頭。我的臉色一定很難看，因為她說：「諾拉，別怕，在這裡的每個人都是非常親切友善的。今天早上妳的爸媽來這裡待了一會兒，所以我想讓大家聚在一起談談妳的成績是個很好的方式。抱歉嚇到妳了，可是我們不希望妳整天擔心著這件事，因為，說真的，確實沒什麼好擔心的。來，請到妳爸媽中間的位子坐下。記住，我們大家之所以在這裡，是因為我們關心妳。」

我坐了下來，每個人都對我微笑、點頭。

這一刻，我學到一個重要的事實：就算我如此聰明，遇到這種狀況時，還是免不了會感到恐慌。

7 驚訝

我坐在大會議桌前，一邊是爸爸，一邊是媽媽，我就像是三明治夾心，被困在中間動彈不得。校長辦公室的用餐時間到了，主菜就是「諾拉切片」。

漢克寧校長喜歡大型會議，從以前就這樣。她幾乎每個星期都會來個全校集會，或是全五年級集會，要不就是全二年級集會，總之就是各種把老師和學生集合起來的會議。她的說法是，這是為了使學校更「團結」，讓大家面對面互動創造出「好的團體動力」。

她說，大規模的會議能幫我們一勞永逸地解決問題。很清楚的，這也是她今天腦袋裡所想的事情。

漢克寧校長坐下來開始主持：「羅力夫婦請求大家來到這裡，或許請他們先向大家說明他們所關心的事，也就是今天早上他們和我分享的內容。接著，或許諾拉的老師們可以從自己的角度提出看法。最後，假如諾拉願意的話，也可以作一點分享。這個會議這樣來進行好嗎？」

我媽媽點頭微笑，並且清了清喉嚨，她很高興可以先講話。校長、老師、顧問都沒能讓她有半點退縮。她一直試圖去指揮他們，早在兩年前她想讓安進入資優課程時，她就是這樣做的。

媽媽說：「我們非常感謝大家肯花時間過來並且一起談談，這一直是我們最欣賞菲布魯克小學的地方。首先，我們今天最關心的，倒不是諾拉的成績本身，而是我們從來沒有收到警訊，連一張紙條，或是一通電話也沒有。我們很想了解為什麼會這樣。」

現場沉默了三秒鐘。

拜恩老師開口了：「我只能談談諾拉在圖書館運用這一科的分數，當然，會有這種結果的原因十分清楚。」

拜恩老師翻開桌上的成績登記簿，其他的老師也都這樣做。我的心臟猛烈地怦怦跳，聲音之大，相信我爸媽都聽到了。

拜恩老師用食指在分數那一欄搜尋，她說：「在前三次測驗和第一次文獻研究報告時，諾拉拿到的平均分數是七十二分，落在C等級中較低的位置。這是她在這學期第七週時得到的分數，這個時間點也是我們寄發學習警訊的信件給家長的時候，因為諾拉並不是得到D或更低的分數，所以我們並沒有發出警訊。接下來的測驗和期末網路研究報告，諾拉的成績非常糟，也拉低了她的總成績。我把她每次的分數加總後，計算出平均分數，結果就是這樣。」拜恩老師看著我，笑了笑：「諾拉是圖書館的好讀者，所以我心裡其實很不願意給她D這個分數，但是我也只能照規矩來。」

張老師點點頭，說：「確實，數字就是數字，平均值就是平均值。同樣的事情也發生在諾拉的自然和數學這兩科。她的分數在學期末大幅下降，所以出現了這個結果。家長沒有得到警訊，同樣的，老師也沒得到任何警訊。」

所有的老師開始點頭附議。麥肯老師清清喉嚨說：「體育課也一樣是D。她本來整學期都是C，但最後的跨越障礙運動測驗卻來了個超級大F，把她的成績往下拉成D。」

我清楚地感覺到爸爸很不喜歡聽到麥肯老師那「超級大F」的

說法，不過我倒是挺喜歡的。關於那個F啊，我可是相當自豪，因為我可能是學校有史以來第一位在跨越障礙運動項目失敗的學生。我花了很多心思才讓我在這次考試中看起來動作完全不協調，再加上基本動作完全錯誤呢。

秦德勒博士說：「我想說明一下我的觀察。」他是心理輔導顧問，也是心理學家，負責全校心理諮商工作。他打開一本厚厚的資料夾，翻閱裡面的報告。我知道那本資料夾是什麼，那是諾拉・羅力的資料夾，我過去五年在菲布魯克小學的所有紀錄都在裡面。

在查看桌上報告的同時，秦德勒博士將雙手手心併攏，然後屈指張開，這時他那細細長長的手指，只有指尖相碰。併攏、張開、併攏、張開，這動作讓他的手很像在鏡子上伏地挺身的蜘蛛。

他推了推眼鏡，對我爸媽擠出笑容，但沒有看我。他說：「羅力先生和羅力太太，我知道這樣的成績單一定使你們很苦惱，不過說實話，這樣的成績和諾拉的精熟測驗量表所顯示的程度並沒有太大的差距，如果拿來和她在這個小學的學習歷程相比，也會得到一樣的結論。菲布魯克小學的總體程度非常好，諾拉在這裡是中等程度，正好是在中間，她要往上或往下移動都是有可能的。有時候成績可能往下降，而不是往上升，僅僅如此。她現在的表現可能和任何事情有關，比方說家庭出現改變所造成的壓力，像是家人失業或是親人過世等。有時一點小小的干擾就會引起很大的變化。」

爸爸馬上將身體往前傾，說：「你是要把問題推到我頭上嗎？這就是你現在正在做的事嗎？我們在這裡要談的不是我的工作或我們的家庭生活。你們大家發出了十幾個D，而你們甚至不知道彼此都在做些什麼。沒有人想要加快腳步去幫助一個顯然非常需要幫助的小孩。現在反倒變成是我的錯了？我不想聽到這種說法，一個字都不想。」

漢克寧校長說：「羅力先生，我確定秦德勒博士的意思絕對不是想導向這件事是誰的錯，我們在這裡的用意也絕對不是要去指責誰。我們只是想要了解發生了什麼事情，這樣我們才能做出正確的調整。」

爸爸並沒有移動，漢克寧校長也不想問他是不是還有別的話想說，因為他可能真的還想繼續說。因此，她沒有停頓下來：「好，我們還有一個人沒發言，諾拉。」她看著我，微笑著說：「諾拉，妳能不能跟我們說幾句話，幫我們了解學期末這段時間到底發生了什麼事？」

這個會議完全不在我事先的計畫中，不過這真是一個很有趣的機會，我全部的老師和爸媽全都集合在同一個地方，我可以同時影響他們每個人。所以我試著保持冷靜，我決定要說些話，說些偉大的話。我必須找到一個說法，讓所有的人大吃一驚，讓每個人……摸不著頭緒。

我說：「嗯……」我正努力想著要讓大家驚訝的說法。

然後我說：「這個……」我還在想。

我想到了，完美的說法。

我說：「嗯……我覺得不論是課業還是什麼事，我都沒有做得很好。可是這樣的成績並沒有讓我抓狂。我喜歡這些D。」

我感覺到爸媽整個僵住了。

漢克寧校長停頓了一會兒，然後她慢慢說出：「妳喜歡D？諾拉，這是什麼意思？」

「你知道嘛，D，」我說：「D的形狀很漂亮。」我的臉上保持著無辜的、開心的小小微笑。

整間會議室陷入死寂。

這時，我明白了另一個事實：如果有需要的話，我可以是一個超級演員。

漢克寧校長是觀眾群中第一個回過神來的，她說：「諾拉，這很……有趣。」她的眼睛掃視大家一遍，說：「那麼也許現在我們都得到足夠的資訊，對這件事情的處理方式已經有些想法了。我確定每一位坐在這裡的人，都會努力幫諾拉在新的學期得到更好的成績，而且我確信所有同仁都會盡其所能和她的父母保持聯絡。」她暫停了一下才繼續說：「還有一件事，這是今天早上我對羅力先生和羅力太太提起的，我想這可能對事情有所幫助。我建議對諾拉進行另一種評量，而他們也已經同意了。我想這是我們所能提供的協助中最好的一種方式。所以請大家注意，未來幾天內，秦德勒博士可能會偶爾把諾拉從課堂上帶走。」漢克寧校長微笑著看了一遍在場的人說：「好吧。如果沒有其他的事，我們這場小會議就結束了，謝謝大家過來參加。」

我看看時鐘，這場會議只花了九分鐘，感覺上卻很久。我想對爸媽來說，可能更覺得漫長吧。

走出會議室，到了大廳，爸爸說：「諾拉，東西都帶了嗎？我要載妳們兩個回家了。」我點點頭，然後我們走出大門。

當我們走到外面時，我必須小跑步才能跟上媽媽的腳步。往車子走去的路上，媽媽說：「諾拉，妳剛剛在裡面到底胡說些什麼？妳喜歡D的形狀？這到底是什麼意思？」

我聳聳肩說：「沒什麼意思，只是說了一件事。」

爸爸抱怨著說：「只是說了一件無意義的事。」

接下來在回家的車程中，我們沒有太多交談。

所以，我開始分析現在的情況，以下是我想到的：

1. 有一群大人在思考我的成績。
2. 再加上他們都深信我是個笨蛋。
3. 媽媽苦惱到連話都不想說了。
4. 爸爸已經準備好要揍人了。
5. 學校將會進行「另一種評量」，特別為我舉行的。

總而言之，我確定，今天是美好的一天。

8 被壓扁的松鼠

星期二早上，學校前的馬路上躺著一隻死松鼠，牠在那裡好一陣子了。有一群路人站在人行道上，每當有車子輾過松鼠屍體時，他們就鬼吼鬼叫。上學途中遇到這種事，實在不是好的開始，這讓我覺得作為一個人類並不是件光榮的事。

在導師室中，諾茵斯老師拿給我一張紙條，上面寫著：「午餐後請馬上到秦德勒博士的辦公室報到，並請準備第六、第七節課都要留在那裡。」真是討厭的消息，這兩堂課是自然和音樂，都是我最喜歡上的課。

我知道要做什麼。評量，特別為我舉行的。

第一堂語文課一開始時有一段自習時間，我坐在閱讀區，這時史蒂芬過來坐在我旁邊的靠墊上。他把書舉起來遮住臉，低聲說：「我聽說昨天妳那場大會議的事了。」

「你聽說？」我問：「從哪裡聽來的？」

「從哪裡聽來的？」史蒂芬說：「我會知道是因為這件事已經傳遍全校了，妳懂了吧。珍妮．奧斯敦放學後待在醫務室裡，她看到拜恩老師帶妳去辦公室，她還看到全部的老師，還有妳的爸爸媽媽。而且每個人都知道妳這次成績不好，這件事應該是我的錯，因為我告訴愛倫，然後她告訴珍妮，這件事我要跟妳說對不起。我真的很難過妳惹上這麼大的麻煩。他們是不是對妳大吼大叫，還臭罵妳一頓？」

「當然沒有。」我說：「而且我沒有惹上什麼麻煩。」

史蒂芬皺起眉頭說：「妳說真的嗎？只要我考一個D，我媽就會把我送去軍校之類的地方，更不用說一大串D會有什麼下場了。而且珍妮說妳走出辦公室的時候在哭，妳媽媽還硬拖著妳出去。」

「什麼跟什麼？胡說八道！」我太大聲了，正在看書的諾茵斯老師抬起頭來，皺著眉頭看我。我低頭假裝看書避避鋒頭，然後壓低聲音說：「沒有人大吼大叫，也沒有人哭，尤其說到我的部分全是錯的。喔！那個珍妮．奧斯敦給我記住！」

史蒂芬需要更多證據，才能相信我沒有在會議上被嚴刑拷打，他說：「所以……如果他們沒有對妳大吼，那他們說了什麼？」

「沒說什麼，」我小聲地說：「我媽媽想了解為什麼她沒有收到學習警訊來提醒她我的成績是D，於是老師們解釋了我分數很低的原因。反正這些事都很愚蠢。我的成績很差就只是因為有幾科考壞了而已，就這樣啊。現在他們要我再去考試，看看我是不是像他們所想的那麼笨。」

「可是妳一點都不笨啊，」史蒂芬說：「連我都知道這件事。要說笨，我才真的是個笨蛋。」

我用手肘推推他：「不准你再這樣說，史蒂芬。我不喜歡你說這種話。」

他聳聳肩說：「妳這個人老是說『你必須面對事實』。所以面對現實吧，我是一個笨蛋。」

我又推了他一下，這個動作太大了一點。

「諾拉。」諾茵斯老師用那溫柔的、自習時間應有的音量說：

「如果妳再不安靜閱讀，我就要讓妳做點別的事，而且坐到別的地方去。這是最後一次警告。」

我點點頭，把頭埋進書本裡，不過我還是跟史蒂芬低聲說話：「爛成績不表示你是笨蛋，而且我真的沒有什麼麻煩。還有，如果你遇到珍妮．奧斯敦，告訴她，我要她立刻澄清那些亂七八糟的謠言，不然我會好好修理她！」

第一堂課結束，我走到我的置物櫃。夏洛特．肯達走到我的旁邊。夏洛特每天都綁不同顏色的髮帶，而且她總是用兩手把書和筆記本緊緊抱住。她都會小聲說話，可是夏洛特的那種小聲啊，方圓五公尺內的人都聽得到，所以我還聽得清楚她說了什麼。

「諾拉！我聽說妳的成績了。妳的分數……他們一定是搞錯了吧！接下來妳要怎麼做呢？妳有想過去把分數要回來嗎？妳真的要到分數的話，我可受不了。」

我努力擺出史上最甜美的笑容：「夏洛特，妳完全不用擔心，我不會去要分數，我發誓。」

她說：「這樣啊，如果有什麼我能幫上忙的地方，儘管叫我，好嗎？因為我的成績幾乎都是Ａ，而且如果妳需要的話，我真的很願意幫妳，好嗎？」

我用力看著夏洛特，想分析出她的表情或眼神中有沒有尖酸刻薄的味道，沒有，一絲絲都沒有，只有甜美而已。夏洛特說的每個字都是真心的，她也不是愛現她的好成績，只不過是單純陳述一個事實而已。

所以我微笑著說：「夏洛特，謝謝妳。妳說的話讓我覺得很窩心。」我這句話是發自內心的，因為夏洛特是真的為我感到難過。

她讓我想起了一件事：就其他人所關心的事而言，我的確正在經歷一個危機、一場嚴苛的考驗。

因為對其他的人來說，這是一個不容懷疑的事實：五年級的成績事關重大。我的成績使我看起來就像那隻「*Sciurus carolinensis*」的屍體，就是學校前面馬路上那隻北美灰松鼠。

只剩不到三小時，秦德勒博士將要拿出他的測量工具，好好測量我這隻松鼠被壓得多扁了。

9 逼入困境

午餐時間下起雨來，所以我有了去圖書館的好理由。午休時間待在體育館裡面永遠又吵又亂，而圖書館剛好相反。

我走到靠近後面牆邊的座位，坐下來做我的數學作業。我正飛快完成第六題時，一個聲音響起：「諾拉？」

我跳了起來，差不多有半公尺高，我沒有聽到拜恩老師走到我後面的聲音。她笑著說：「抱歉嚇到妳了，我有時候會覺得這種地毯實在讓這裡太安靜了點。我們可以到前面櫃檯那邊談一談嗎？」

「好啊。」我說，並且站起來跟在她後面。

她說：「過來這邊。」用手勢示意我走到櫃檯後面圖書館員工作的長桌那邊。「我希望妳讀一讀我昨天印出來的東西。」然後她拿給我一份釘在一起的十到十五張紙。

我立刻明白手上拿的是什麼東西。我假裝讀著第一頁，可是幾乎沒看進去一個字。我的思緒已經不知道飛到哪裡去。我的麻煩大了，得找到方法解決才行。我現在需要一件能分散注意力的大事，比如消防演習或地震之類的事件。

我努力不讓呼吸加速，也很怕臉漲紅。我翻到第二頁，然後再翻到第三頁，其實幾乎沒有讀，只是在拖時間而已。

翻到最後一頁了，我必須說些話。所以我說：「這看起來很像一份清單。」

拜恩老師說：「翻到第五頁，諾拉，朗讀開頭那幾段，不過請小聲一點。」

我跳過最前面那段，從新的一段開始唸：「麻省理工學院註冊首頁、光波理論的議題、珍古德協會首頁、燃料電池技術已成熟、混合動力車找到新家、冷融合異常、自然科學博物館埃及學部門、理查．費曼的演講……」

拜恩老師打斷我說：「謝謝妳，諾拉。夠了。妳能不能告訴我剛剛唸的是什麼？」

「從電腦裡抓出來的資料，是嗎？」我看著她。

對於我裝無辜的演出，她不買帳，完全視若無睹。

拜恩老師搖搖頭：「這比較像是從『妳的』電腦裡抓出來的東西，諾拉。更精確的說，這是多媒體中心主機所儲存的資料，也就是妳的帳號所瀏覽過的網頁。昨天下午當我開始備份系統時，有一台電腦還在使用中，就是在角落的那一台。我過去關機時，發現網路瀏覽器上的畫面，是和康乃迪克精熟測驗有關的網頁。我不記得有哪位老師來使用過那台電腦，所以我查了一下登入者的帳號，就是妳，諾拉。妳去漢克寧校長的辦公室開會時，忘了登出系統。我知道妳可能覺得我在偷看，但這是我的工作，我必須監看所有學生帳號的網路活動，所以我查了一下。」

拜恩老師直視我的眼睛，她說：「妳手上拿著的那份資料是總數一百五十九頁的前十三頁。這一百五十九頁列出妳瀏覽過或存取過資料的網頁，時間是從這個學年開始到現在。妳儲存的檔案使用了伺服器上五十億位元組的空間。諾拉，妳知道這代表什麼嗎？我想你一定知道，但我還是要告訴你。這表示這個學年到目前為止，妳所收集存取的資料量已經超過其他所有四年級和五年級學生的總和了。只要連結到妳手上那份資料的幾個網頁看一下，就會知道妳已經在替代能源問題上做了廣泛的研究，而且妳和珍古德協會的靈長類專家交換了電子郵件信箱。妳對教育理論也有強烈的興趣，而且很明顯的，妳是麻省理工學院天文學課程的網路會員，這課程屬於大學程度。」

她再次停頓了一下，然後慢慢地說：「不過我最感興趣的是，事實上，妳這孩子在三個星期前交的那篇初級網路研究報告竟然那麼糟糕，還因此在圖書館運用這一科得到D的成績。所以，諾拉，妳覺得我應該怎麼看待這些新資訊呢？」

拜恩老師逮到我了，我被困住了。

動物學家說，當一隻動物被逼退到角落時，通常會選擇三種本能反應中的一種。但我從來沒當自己是一隻動物，我不會攻擊、逃跑或裝死。現在不是使用本能的時候，我得想個辦法從這個角落困境中突圍而出。

卡通裡面靈光乍現時都會出現燈泡的圖案，這絕對不是隨便畫畫而已，因為一旦有個好主意擊出安打，就像是擊中了巨大的開關按鈕一樣。

我腦中有個好主意，砰！就在拜恩老師面前，這一瞬間燈泡亮起，大放光明。沒錯，我的確還在困境中，可是這裡不再是個狹窄的角落，我也不用真的突圍。角落裡還有很多空間，因為某人會加入我的陣線。

事實上，我決定找個夥伴加入我的陣容，這樣做可能比較好。

10 此時此刻

從進入這學校的第一個學期開始，幾乎每個上學的日子我都會看到拜恩老師，算起來已經超過七百多天了。在這些天裡，我和拜恩老師待在同一個空間的時間比爸媽還來得多，所以我有很多時間去觀察、了解她。我認為拜恩老師是全校數一數二的好人，我從沒看過她情緒失控，而且她總是很公平，很能接受不同的想法。這很合理，因為圖書館裡有那麼多種不同的書，如果她不能接受不同想法的話，要怎麼當圖書館員？

現在拜恩老師正站在我面前。她希望我好好解釋，像我這個才剛得到一堆D的小孩，為什麼會在網路上搜尋這些艱深的資訊。

我在學校學到的頭幾件事就是怎麼解讀老師臉上的表情，這是在學校生存的技能，所有學生都是箇中高手。可是此時我們在圖書館裡面對面，我往上看，她往下看，我卻看不出來在拜恩老師那帶點綠色的褐色眼睛深處，到底有什麼東西正在運轉。

所以，我小心翼翼地開始：「我喜歡閱讀的東西很多。」

她輕輕笑了，說：「這點我很清楚，諾拉，我想知道的是妳的成績。我非常清楚，妳不是程度很差的學生，也不是中等程度的學生，妳和中等的差距可大著呢，而且妳對我和全校所有的人隱藏這件事。」她停下來，歪著頭，因為她明白了另一件事，她說：「妳爸媽也還不知道妳有多聰明，是嗎？」我點點頭。「為什麼妳要藏著這個秘密？」她問。

我盡可能用最簡單的方式告訴她真相：「我一直不想和別人不一樣。我的意思是說，我是不一樣的，這件事我很清楚，可是我不希望大家用特殊待遇對我，因為這是我的事，和他們無關。」

拜恩老師緩緩點頭：「我可以理解，或許可以。可是考這麼差又是為了什麼？」

我必須信任她，我別無選擇。我說：「我是故意這麼做的，我想做一些……跟成績有關的事，大家都太看重分數了。」

拜恩老師的眉頭皺了起來，她搖搖頭說：「可是為什麼要拿D呢？這能做什麼？」

我說：「那些D已經讓我的老師、爸媽、校長去思考和討論成績的事了，沒錯吧？我希望他們繼續思考更多成績的事，還有考試的事。因為我有一個小小的……計畫。」我直視她的眼睛說：「只是如果妳揭穿我的話，我的計畫就玩完了。」

她臉上沒有任何表情：「那妳打算怎麼實現妳的目標？妳的計畫是……？」

「絕對不是做壞事。」我趕快接口。我差點要說出史蒂芬的事，但是我終究沒說，我不想讓任何人以為他也牽涉其中，所以我說：「有件事大部分學生都沒有說出來，就是成績差常讓他們覺得自己是笨蛋，但這不是真的。好成績會讓另外一些學生以為自己很優秀，可是那也不是真的。所有學生都開始競爭、比較。聰明的學生覺得自己更聰明、更優秀，十分高傲自負；普通的學生覺得自己很笨，好像自己一無是處。而本來應該幫忙孩子的家長和老師並沒有幫上忙，只是增加更多的壓力，還製造越來越多的考試而已。」

拜恩老師眼睛發亮，她用力搖頭：「其實老師們也不喜歡一直考試，而且他們要我開始在圖書館運用這一科打分數時，我也很不開心。圖書館不是為此存在的。所以不能只想到老師這一層，還有學校董事會，還有州政府，當然聯邦政府也算在內。」

她蒼白的臉頰有了色彩，雖然只有一點點，拜恩老師想要隱藏起來。對於剛剛爆出的那一段話，她覺得很糗，她原先沒有想要告訴我這些感覺和看法。

可是她說出來了。

我假裝沒注意到，說：「嗯，不管怎樣，我們都一定要有考試和成績，當然我們的成績也一定會在六年級時把我們分類成聰明小孩和笨小孩。我不喜歡這種方式，我想要試著改變這件事。」

拜恩老師說：「這不是很危險嗎？我是說，拿到這麼差的成績，對妳來說很危險吧？」

我說：「或許吧。不過我好像有點免疫。我是聰明的，而且我知道自己很聰明，我還知道如果要我證明我很聰明，我也做得到。對我來說，成績沒那麼重要，至少不像對很多小孩來說那麼重要。即使這樣會讓我惹上一點麻煩，也沒關係。我不是因為覺得好玩才這麼做的，我也不是為了自己才這麼做的。」我停頓了一下，接著說：「我想我可以在不需要別人幫忙的情形下完成……至少，我希望能這樣。」

這是一個誘餌，拜恩老師也清楚知道我正在釣魚，無論如何，她上鉤了。

「妳覺得妳可能需要什麼樣的幫忙？」

我知道，我對拜恩老師的看法是正確的，她真的是好人。

我微笑，看著她的臉說：「妳願意嗎？妳願意幫我嗎？」

拜恩老師說：「我可沒說，不過我沒看到妳有破壞任何學校規定。妳爸媽可能很高興有個才華洋溢的孩子跟他們同住一個屋簷下，我真的覺得妳應該告訴他們，不過這是妳和他們之間的事。」

她的眼睛在我臉上搜尋：「我不知道能不能直接幫妳什麼，不過我的工作內容中，並沒有要求我報告和每個學生的每句對話。所以這件事只有我們兩個人知道，至少此刻如此。妳明白嗎？」

我點點頭說：「我明白，這幫了我很大的忙……尤其是此刻。謝謝妳，拜恩老師。」

她點頭微笑，不過只是一絲勉強的笑容。在笑容後面，她是憂心的。我不確定她是在擔心我，還是擔心她自己。

可能兩者都有。

11 裝框展示

「諾拉！歡迎！」

這是第五堂課的開場白。秦德勒博士比手勢示意我從他這邊走去坐在方桌前。他好像有點太開心了，不過我不在意這個。我是他下午的大計畫，我發現這個人必定熱愛他的工作。

秦德勒博士有兩個工作。他是我們學校的心理輔導顧問，同時也擔任菲布魯克鎮上三所小學和國中的心理諮商師。徽章、獎狀、執照等佔滿了他辦公室的兩面牆，所有的東西都被裝框展示，像是某些扁平的、色彩黯淡的蝴蝶標本。

我的視線從這個長方形轉到另一個長方形，突然間，我看到自己被壓成像紙張一樣薄並裝入框中，那貼在玻璃片上的鼻子被擠扁了。接著，我看到自己像一個標本，被兩片玻璃夾住，秦德勒博士透過顯微鏡盯著我看。我趕快將這些念頭拋開。

秦德勒博士的助理是詹瑪女士，在博士到其他學校工作時，詹瑪女士就代理顧問的工作。她的位子離我坐的地方有五公尺遠，可是她是在另一個房間，隔著一道開了一扇大窗的牆壁。

秦德勒博士說：「準備好來點好玩的了嗎？」

我點頭：「當然，我想是吧。」但我還是覺得有一片玻璃在推擠我的鼻子。

「很好。」他說：「那我們開始吧。我想讓妳做個測驗，可是

臨床心理師
特殊教育

這並不像是平常在教室裡考試的那種。這個測驗是要幫助我和妳所有的老師找出對妳來說最好的學習方式。懂嗎？」

我點點頭，然後他繼續說：「我們一開始會先做幾個題目，我會大聲唸出問題，一次唸一題，然後妳就回答，將妳會的全部說出來。我會把妳的答案記錄在這張表格上。懂嗎？」

我又點點頭說：「懂了。」我知道他等一下要寫的那張表格是什麼。在表格右上角會有「魏氏兒童智力量表第三版」這幾個字，我知道這張表代表的意義。秦德勒博士想要對我做一個智力測驗。智力測驗的結果會得到一個數字，有時候會用年齡來除以這個數字。智力測驗所得出的結果之所以稱為「智商」，就是因為這裡使用除法的關係。這有點複雜，我只有從網路上讀到一點點跟智力測驗有關的事。

但這正是我開始煩惱的原因。像康乃迪克精熟測驗就很簡單，我得到中等程度是因為我在網路上已經查過計分的方法，我知道每一段有多少題要答對、多少題要答錯。

這個測驗就不一樣了，我以前從來沒查過。

秦德勒博士沒有浪費一丁點時間。首先，他問了我一串問題，然後我得大聲回答他。接著，我把一些東西做好分類、算了幾題數學、把單字和字義配對好、回答了一些面對不同情況時我會怎麼做的問題。接下來，我必須記住幾個數字的順序，並將這些數字背出來；說出圖片中少了哪些東西；記住某一頁的記號圖案，畫到另一頁上；並且在彩色積木和猜謎中瞎攪一通。測驗項目一個接一個，差不多有十幾種之多，幾乎花了快兩小時才完成。

整個測驗的過程中，我都很煩惱。我不知道在這個測驗中，我的表現如何。我不希望分數太高或太低。

我唯一想到的方法就是在每十題中故意搞砸三題，這樣才能出現適合我的結果。我覺得這會讓分數維持在七十分左右，而七十分就是屬於C等級，這樣就是中等程度。我一直看著秦德勒博士的臉，想從他的臉上找到線索，了解我的表現如何，可是他面無表情就像是戴了張面具一樣。

最後他說：「好了，我們完成了。這感覺還不會太糟吧？」

我搖搖頭說：「不會，我很好。」我說：「我什麼時候可以知道我的分數。」

「這要看妳父母的想法。像這種測驗，我們通常不會將分數告訴學生。」

竟然有這種事，真令人不敢相信，我說：「你是說，我必須考試，但我卻不需要知道分數？」

他聳聳肩，微笑著說：「這種考試的確是這樣。妳的分數只是一種工具，只提供給我、漢克寧校長，還有妳的父母來使用而已。妳完全不需要擔心分數的事。」

我知道自己開始生氣了，我最討厭這種事，大人把小孩當成笨蛋耍，好像小孩不能信任一樣。這讓我非常非常不高興。聰明老練的秦德勒博士動一動他那細細長長的手指，就能知道我的分數，只因為他擁有牆上掛著的那幾張紙。而我，整整兩個小時都在運轉腦子的小孩，卻不可以知道任何事。

我對自己說：可是，這又如何？大人掌握所有的事，糟透了，可是小孩一點辦法都沒有，因為事情就是這樣子，而且以後也會是這樣。這早就不是什麼大新聞了。

這時我對自己喊停。

我討厭自己有這樣的想法。這種態度還有一個專有名詞，叫做「犬儒」，這個詞是從希臘文的「狗」這個字演變過來的。在古希臘時代，有一群失敗者組成一個團體，叫做犬儒。犬儒們對任何事物或任何人都沒有尊敬之心，他們就像狗一樣，咬爛你最好的鞋子後還對你搖著尾巴，或者在你面前把草坪搞得一團糟。犬儒不在意別人，他們不但想做什麼就做什麼，還認定別人也都是這樣。

可是我已經不讓自己亂想了，我不要讓自己變成犬儒，因為做犬儒太容易了，我有更好的方法。

像秦德勒博士這樣的人做不出什麼好事，這是因為他們很刻薄，或者很犬儒。當他們終於行動時，是因為他們真的相信那樣做是對的。他認為像我這樣的人，不該知道智力測驗的分數。或許他是對的，假如我的分數很低，我可能會覺得自己很笨；分數高的話，我可能會自以為比別人優秀很多。

可是，我又問自己，智力測驗的分數和我平常考試的分數有什麼不同嗎？和精熟測驗又有什麼不同？為什麼他們不把所有的分數和等級隱藏起來？老師必須知道分數，這樣他們才知道怎麼幫助孩子做得更好、學得更多。那小孩為什麼要知道分數呢？再說，康乃迪克精熟測驗的分數並沒有幫史蒂芬什麼忙，一點也沒有。

不論如何，秦德勒博士總算跟我說了再見，詹瑪女士寫給我一張證明，放我去上今天最後一堂課。在兩個小時的動腦時間後，體育課真是太棒了，整個秋天我們幾乎每天都在玩足球。

自從三歲時第一次在西班牙語頻道上看到足球賽，我就迷上它了。我超愛攝影機鏡頭捕捉全場的畫面，這樣我就能看到球員的作戰計畫和攻守情形。而且我還從中看到了數學運算，像是前鋒加足馬力迎戰角球，運用了線的原理；中鋒傳球要算好角度，才能剛好傳到防守球員的後面。當球員阻擋進攻和攔截射門時，我再一次看到角度的運用。每個射門都是速度與軌跡的平衡。足球的每個動作都是數學和物理學。

足球也是智力的運動。最棒的球員就是能掌握全場的人，所有球員的位置完全在他們的腦中。真正的足球場不在別的地方，而是在腦中。射門！得分！太棒了！

從一年級開始，足球場是唯一能讓我真正放鬆的地方。在球場上，我不必隱藏任何事情。只要我願意，我可以盡情展現聰明、創意、天份，因為沒有人會認為天才運動員是奇怪的。不過如果你是天才學生的話，事情就完全變了調。

今天的體育課，我和四個女生、六個男生組成一隊，和另外一個十一人組成的隊伍比賽，史蒂芬和我同一隊。我們打了一場很棒、節奏快速的比賽，我們以四比三贏了這場球賽，這四分當中有兩分是我拿到的。

最棒的並不是贏球本身或是麥肯老師的讚美，也不是隊友間開心的擊掌。我不曾想打敗任何人，也不想證明我很厲害。

對我來說，最棒的是比賽進行到三比三平手，而比賽時間剩下不到兩分鐘的時候。我的頭髮綁著馬尾，我的手、腳、肺都加足馬力。此刻我彷彿在球場上方幾十公尺高的地方冷靜地俯視全場，所有錯綜複雜的思考、分析、規畫都消失無蹤。這時想法與行動同步，我不必壓抑或保留，當史蒂芬給我一個漂亮的傳球時，我把球帶到中間，運球穿越三名防守球員，起腳射門。

純粹的踢球，沒有疑問、沒有煩惱、沒有牆壁、沒有掛在牆上的框框，沒有玻璃想要把我壓平。

這星期二下午的二十五分鐘，我擁有完全的自由。

12 智力

星期三上午導師時間結束後，諾茵斯老師把我叫去。

「諾拉，拜恩老師要妳中午以前把所有過期的書還給圖書館。」

我說：「可是我借的書沒有過期啊。」

諾茵斯老師說：「那妳要自己跟拜恩老師說明。」

這個訊息，我懂了。

拜恩老師不是真的要確認書過期，一定有別的原因。這是第一次，我覺得有別人知道真正的我是件美好的事。讓別人知道我並不是……普通人，這樣的感覺很陌生、很新奇。

這念頭飄過我的腦海不到一秒鐘，我向諾茵斯老師點點頭說：「好，我馬上就去圖書館。」於是我立刻轉身離開。

諾茵斯老師又說：「喔，還有一件事。今天早上我在教師辦公室遇到秦德勒博士，他要妳今天下午第五堂課時，過去他的辦公室一趟。」這時我已經往辦公室的門走去，所以我只好邊點頭邊說：「第五堂課，好的。」

我到達圖書館時，拜恩老師正忙著為三年級的一個班辦理借書手續，不過她仍然看到我，比手勢示意我到櫃檯那邊。

「諾拉，這個。」她把一疊學生名牌交給我，說：「可不可以請妳幫我將這些名牌依照字母順序排好？」

我說：「當然好。」那裡還有一張椅子，不過站著排名牌比較容易些。

三分鐘後，所有三年級學生都離開了，可是拜恩老師仍然十分忙碌。她的眼睛沒離開過電腦螢幕，她一邊說：「那個測驗，妳昨天在秦德勒博士那邊做的那個，怎麼樣？」

「滿有趣的。」我說：「那是智力測驗，我第一次做。」

拜恩老師繼續在鍵盤上打字，她問：「妳覺得做得如何？」

我說：「嗯，我試著每十題就錯三題，這是我唯一想到的方法。我試圖讓答案有百分之七十是對的，這樣大概就是中等吧。」

拜恩老師說：「原來如此。」

她開始把一些論文排好，可是她的動作顯得十分緊張，拿不穩東西。於是她停了下來，直視我的眼睛說：「今天早上我發現某件事露餡了。妳做的測驗是為八到十六歲的小孩區分智力等級，妳的原始得分轉成智商之後是一一七，這是在中等以上的等級。」

我打斷她的話：「這問題不會很嚴重吧？我是說，像這種測驗不一定準，是吧？」

拜恩老師說：「我想，會比妳想像的更嚴重。智商一一七是對應到十六歲年齡的數字，可是妳現在只有十一歲，所以妳的原始得分會對應到更高的智商，而且是高出非常多。根據那次測驗的結果來計算，妳的智商是一八八，這個數值已經接近最高點了。秦德勒博士不知道會怎麼想這件事。」

我有點腳軟，因此坐了下來：「那……秦德勒博士有沒有跟妳說些什麼？」

拜恩老師搖搖頭：「他沒跟我說半個字，除了他的助理詹瑪女士之外，他沒告訴別人。我會知道這件事是因為詹瑪女士的車送廠維修，我們住得很近，所以我今天載她到學校來。她實在憋到快爆炸了，一定要找個人說說才行。秦德勒博士說妳的智商和妳的課業分數相矛盾，所以他認為這個測驗一定出了什麼問題。」

拜恩老師停頓了一下，抿著嘴，皺起眉頭說：「諾拉，我知道我不應該跟妳說這件事，但我忍不住要說。」

「我不會告訴別人是妳告訴我這件事的。」

她微笑：「我知道，諾拉，我不是擔心這件事。妳把自己推入一個艱困的處境中，我不希望妳受到傷害。我也不希望任何人受到傷害。」

我們沉默相對。拜恩老師說：「所以妳接下來想怎麼做？」

我聳聳肩，試著擠出一點笑容：「我得知道秦德勒博士會怎麼說，今天第五堂課時，我必須再過去他那裡一趟。」

拜恩老師說：「他可能會為妳準備另一個測驗。」

我站起來說：「嗯，看來要到了現場才有辦法應變了。現在我想我最好趕快去上美術課。妳可以開證明給我嗎？」

「當然可以啊。」她說。她給了我一個大大的、真誠的笑容，然後她說：「當我還是個小女孩時，我從沒有勇氣這麼做。即便是現在，我想我還是比妳更加擔心害怕呢！」

我報以微笑：「別擔心啦，測驗、分數一都不點重要啊，還記得吧？」

拜恩老師笑了開來：「沒錯，我想沒什麼好擔心的。」

她交給我證明。我說：「拜恩老師，謝謝妳。」

我不只是謝謝她開證明給我而已，她也明白我的意思。

她說：「諾拉，真的不用客氣。」

13 觀察

今天是星期三，學生餐廳裡瀰漫著義大利麵的味道。我和我的朋友凱倫，還有五到六個女孩一起在餐廳吃飯。我們坐在平常坐的那張桌子前，就在史蒂芬和他的朋友常坐的位子旁邊。

我不是想炫耀，可是我總是會偷聽到別人說話。我從沒有離開位子去偷聽……嗯，或許有過一兩次啦。可是如果我的距離夠近，那些人又說得夠大聲，我就會聽到。假如人們想保有秘密，他們應該學會怎麼樣輕聲說話。

剛開始，我並不想去聽坐在我後面的男生在講些什麼，不過蒙頓．列克的聲音還是傳了過來：「別這麼白痴啦，沒有人可以到太陽上旅行，那裡有一團正在燃燒的氣體耶，笨蛋！」我們的自然課正在學習太陽系，我自己也正在做一些和太陽有關的研究。所以一聽到蒙頓的話，我豎起了耳朵仔細聽。

史蒂芬說：「儘管如此，我確定有一天會有人可以去那裡，或許在太陽變涼一點的時候。」

「是啦。」蒙頓說：「或許他們可以找到一個像你這麼笨的人自願去那裡！」

他們那一桌的傢伙一起爆笑。

我很想轉身去攔截蒙頓．列克，用力撞他一把，讓他跌倒在地。他是五年級中最聰明的男孩之一，也是我最不喜歡的傢伙，而且他在四年級的時候就是這副德行。他在精熟測驗中得到最高分的等級，當他知道史蒂芬的分數之後，已經取笑史蒂芬一個多月了，他一天到晚在說史蒂芬很遲鈍或是腦殘之類的。

今年蒙頓參加了資優課程。他很喜歡從特別班回來我們班上，這樣他就能炫耀他所學到的東西。更煩的是，他向所有人廣播說，他的哥哥、爸爸、爺爺都讀哈佛大學，而且他也即將要到那裡去。一個像蒙頓這樣的小孩，可以將大家一整個學年的生活都毀掉。

不過，這就是史蒂芬，他的個性裡最棒的一點，就是他會一試再試，永不放棄。就算大家的笑聲還沒停止，他還是繼續說：「如果是在氣體全部都用完的時候呢？有一天太陽一定會變暗的，我確定到那時會有人可以到那裡去。」

我不用轉頭去看蒙頓臉上那令人作嘔的輕浮笑容，光聽聲音就知道了，他說：「說得好，傻瓜。太陽永遠不會燒光的。」

其他的男生一直笑個沒完。

我實在受夠他這樣對待史蒂芬了，一個新的事實在我腦中爆開：要阻止像蒙頓這樣的小孩，唯一的辦法就是擊敗他。這時我身體裡有個東西打開了。

我猛然拉開椅凳，舉起食指指著蒙頓的臉，大聲說：「蒙頓，你錯了！大錯特錯！太陽終有一天會變暗的。太陽正在耗盡它本身的氫氣，因為氫原子正被轉換成氦原子，這種原子的轉換和氣體的燃燒是不一樣的，你剛剛卻說是燃燒的氣體，蠢斃了！而且只有千分之七的有效氫氣真的會轉換成熱能，目前最佳的估計結果是再花上一千億年氫氣就會耗盡。事實上，在一千億年過後，太陽就會變暗。可見史蒂芬是對的，不過更重要的是，**你錯了！**所以拜託你，別一副你是太陽系中最耀眼的人，做一點讓別人喜歡你的事，閉上你的嘴，安靜地把剩下的噁心義大利麵吃光光吧！」

當我的演說結束時，我正處在一片鴉雀無聲的中心。在我的周圍，有人叉著食物的叉子停在盤子和張開的嘴巴之間；有人吸管黏在兩片嘴唇中間卻沒在吸飲料。除了紅色果凍兀自在塑膠碗內扭動外，沒有任何動作。

所有的眼睛都盯著我看，可能也有在看蒙頓，不過大部分眼光是落在我身上。

凱倫打破了這個魔咒。「諾拉太強啦！」她開始大喊：「諾拉，諾拉，諾拉！」其他和我同桌的女孩也一起大喊，這情形持續了十秒鐘，直到羅森老師走過來要大家安靜下來。

我很懊惱。我從來沒有在大家面前情緒失控，而且也不曾這樣

表現出我的智力。蒙頓活該得到我丟到他臉上的每個字，可是，我也做過頭了。

史蒂芬會怎麼想呢？我從沒看過他發狂，從來沒發生過。

我必須快點滾出這裡。我站起來，拿起我的托盤。但是當我轉身時，我看到了一幅景象。

某個人站在通往運動場的那扇門邊，離我坐的位子大約只有三公尺，夠近了，要聽到我說的每個字，綽綽有餘。

那個人就是秦德勒博士。

14 改變

第五堂課一開始，秦德勒博士就在等我。這次他沒有笑容，也沒有和藹可親的閒聊。他坐在桌子後面，一副公事公辦的模樣。他指著他對面的椅子說：「請坐。」

詹瑪女士坐在她的位子上，在大玻璃窗的另外一邊。她試著讓自己看起來很忙，但我知道她已經把頻道調到我們這邊，好像我們是她最愛的電視連續劇完結篇一樣。

秦德勒博士坐在那裡的半分多鐘裡，只是用手指做出蜘蛛伏地挺身般的動作。終於，他開口了：「諾拉，你覺得我們之間可以誠實以對嗎？」

「當然。」我說。

他身體向前傾，將手肘放在桌上：「我本來計畫今天要讓妳做另一種測驗。不過十五分鐘前，我觀察到妳在學生餐廳中對蒙頓說的那番話，現在我認為真的沒有必要再多做測驗了。妳覺得呢？」

我聳聳肩：「我不知道。」

他挑挑眉毛，豎起他長長的食指說：「記不記得，我們剛才說好要對彼此誠實，諾拉。我想知道妳認為我今天需不需要讓妳做另一種測驗？」

我說：「這要看你想知道什麼事情。」

他微笑著說：「很簡單，我想知道妳昨天的測驗分數是不是正確的。妳覺得呢？那是個正確的分數嗎？」

我搖搖頭：「可能不是。」

秦德勒博士的身體更往前傾了：「為什麼呢？」

我沒有回答，事情變化得太快，我需要時間思考。

秦德勒博士認為他已經知道我是個天才，而且他也認為我明白他已經知道了，可是他並不是真的知道每件事，不是那麼肯定。所以我想，或許我可以用這個來唬住他，或許我可以做另一種測驗，這次要讓分數真的很糟。這樣秦德勒博士就不能證明什麼事，除了他仍然是討厭的測驗鬼之外。或許我也可以……

然後，我停了下來，我就是停下來。

我累了。老是要想辦法隱瞞，我真的累了。我厭倦老是要表現出不懂的樣子，我厭倦老是要假裝自己是中等程度。而這一切都不是真的。

秦德勒博士重複他的問題：「為什麼妳認為昨天的測驗分數不正確呢，諾拉？」

我直視他的眼睛：「因為分數太低了。裡面所有錯誤的答案，都是我故意答錯的。」

秦德勒博士的腦子試著處理這件事，我知道他的腦子正在試著重新計算我的智商，而且他辦不到。

所以我告訴他：「要估算出更精確的結果，最簡單的方法是增加原始分數到第九十九百分位距，然後依我的年齡來調整。因為整個測驗中我不會答錯超過一或兩題，假如我全力以赴的話。」

秦德勒博士想了一會兒說：「為什麼妳不想全力以赴呢？」

我沒有說話，所以他又說：「而且我也想不通妳的成績單是怎麼回事，妳可以告訴我一點點嗎？關於那些D？」

我不想和秦德勒博士討論這件事，我知道他想要什麼。他想要跟我做深度的談話，想要在我身上印證理論，用我的問題去印證。他可能會把我的行為和某幾件往事連結，或許會歸咎我爸媽，或者說什麼我可能內心深處隱藏著恐懼。

我的心理學知識夠強了，強到我知道秦德勒博士永遠都找不到正確的原因。因為我的理由實在太簡單。我不想被強迫推往成就之路，並不是因為我有心理學所說的那些問題，這只是個運用智力所做的決定。假如我「完全發揮潛能」，我還能擁有像史蒂芬這樣的普通人當好朋友嗎？機率很低。

我改變話題：「你要我再做另一個測驗嗎？」

他說：「不，我沒這個打算。」秦德勒博士停了一下，說：「妳知道我會將我的發現告訴漢克寧校長吧？」

我點頭。

他說：「妳明白為什麼我必須將妳的分數告訴她嗎？」

我說：「當然知道。我爸媽要求測驗，所以校方必須告訴他們我的分數，而這正是校長的工作。」

秦德勒博士點頭：「沒錯。」

他又停下來，等我繼續說，可是我沒說話。

所以他說：「諾拉，妳有沒有什麼話想說？」

我搖頭：「沒有，謝謝。」

「那……」他說：「不管什麼事，假如妳認為我可以幫上忙，隨時都可以來找我，好嗎？」

我點頭說：「好。」我勉強擠出笑容，因為我知道秦德勒博士就只是想「幫忙」而已。

一分鐘後，我穿過空蕩蕩的走廊，往張老師的教室走去，自然課已經上到一半了。今天仍然是同樣的一天，同樣的學校，同樣的老師，同樣的學生。

可是有件事不一樣了。

我。

15 夥伴

漢克寧校長立刻請媽媽放學後到學校去一趟，所以星期三的晚餐時間，我們全家都知道秦德勒博士的發現了。

我們這頓晚餐的前菜就是「情緒」。

爸媽不知道是該因為我隱瞞他們而大發雷霆，還是該因為我其實是天才，而不是個以為D的形狀很漂亮的白痴而感到驚喜。媽媽說：「這不是很令人興奮嗎？假如我們得到入學面試的機會，假如諾拉入學考試的時候表現很好，我敢說她可以唸私立賽爾朋中學，或許還能拿到獎學金呢。然後呢，說不定我們的小諾拉會進普林斯頓大學，甚至是耶魯或哈佛大學！」

我知道安一點都不喜歡媽的想法，安這一生都是明星學生，她假裝對這件事沒啥興趣，她說：「我早就知道諾拉很聰明。」

當陶德聽到這個消息時，他轉了轉眼珠子說：「這真是我在這個家中所需要的，我多了一個聰明的妹妹。」

整個晚餐時間，任大家講來講去，關於我那張成績單，我沒有主動多提供什麼訊息。當媽媽說：「我想現在我知道的事，比那些糟糕的成績好一點點吧。」我只是笑了笑點點頭。

因為那張成績單根本沒什麼大不了。是的，現在他們知道我不是個中等程度的小孩，他們知道這幾年來我故意得到中等的分數。至於拿到D的理由，他們不需要知道。

我面對的事實是，我的計畫毀了。現在每個人都在觀察我，所有老師都會知道我是聰明的，而五年級全體同學都知道的那一天可能也即將到來。學校不再是個可以保有秘密的地方。

晚餐後我回房間讀書，大約八點時，陶德朝樓上大叫：「嘿，諾拉，妳的男朋友打電話來。」

我拿起走廊的無線電話，走回我的房間。

「喂？」

「嗨，諾拉。」史蒂芬不需要報出自己的名字，因為他是唯一會打電話給我的男生。

樓下的陶德對著電話話筒發出一個吵死人的、濕濕黏黏的親吻聲，然後用自以為是模仿我的尖細聲音說：「喔，史蒂芬，我很高興你打電話來，我已經想你一整晚了。」

「陶德！」我說：「你這變態！」我大吼：「媽！叫陶德掛上電話啦！」聽到廚房的話筒匡噹一聲掛上之後，我說：「抱歉，陶德這個星期沒獲得一項叫做成熟的獎項。」

史蒂芬說：「成熟？那妳呢？妳今天午餐時也不怎麼冷靜。」他的聲音聽起來很火大。

我還沒準備好要接受這種攻擊，而這種口氣聽起來就是責備。我說：「可是……可是我忍不住。你聽到那個蒙頓說的，他真是有夠惡劣。所以……所以我必須阻止他。」

史蒂芬說：「可是他並不是在跟妳講話，諾拉。他甚至沒跟妳同桌，這不關妳的事。我不需要別人來插手。」

我說：「可是假如有人在欺負我，而且讓所有人都嘲笑我，你難道不會幫我嗎？如果你可以幫我的話，你不會幫嗎？」

他一時語塞，然後說：「我……我想會吧。」他想了一會兒，說：「諾拉，可是我不會像妳今天這樣做，我和他只是在聊天，而且我不怕被別人笑。更何況所有人都知道蒙頓是個蠢蛋，沒有人把他當一回事。妳今天做的事情讓妳看起來更像個笨蛋。」

史蒂芬這樣說傷到我了。我沒有說話。

「諾拉？」

我沒有回答。

史蒂芬嘆了一大口氣，他說：「聽著，我很抱歉，我不該說妳是笨蛋，對不起啦。其實妳對蒙頓說的那些話，真的講得很好。」史蒂芬停了幾秒鐘後說：「說真的，我很希望我也能說得出妳說的那些話。」

我等了一兩秒。「真的嗎？」我問。

他說：「真的啊。妳怎麼會知道和太陽有關的那些事？」

一個新的事實正在我面前直視著我：我知道我從不曾有此刻這樣的好機會去告訴史蒂芬真相，就是那些關於我的事實。我也知道假如史蒂芬沒有直接從我這裡聽到真相，事情會非常糟糕。

所以我說：「和太陽有關的事？我……我有多讀了一些東西，這有點複雜啦。不過你聽好，我現在要跟你說一件事，一件非常重要的事。」

我把一切都告訴了史蒂芬，關於我在兩歲半的時候學習到閱讀是怎麼一回事，還有一年級的時候假裝去學著如何閱讀的事。我告訴他我怎麼樣讓分數保持在比較低分，甚至我的家人都不知道我有多聰明的事。我解釋我怎麼樣在精熟測驗時故意寫錯答案。我告訴他拜恩老師如何發現我的電腦檔案，並且幫我守住秘密。我甚至還告訴他秦德勒博士和智力測驗的事。

我講完後，史蒂芬沉默了一陣子，然後他說：「所以妳到底有多聰明？」

我說：「嗯……秦德勒博士認為我是天才。」

「妳是嗎？妳是天才？」

我聽得出史蒂芬聲音中的意思，這是我一直最害怕的事，史蒂芬開始認為我是怪物。怪物諾拉，天才女孩。

我知道接下來的幾句話是最關鍵的。

我說：「我想我是，可是這又怎樣？我是天才又怎麼樣？我還是我啊，史蒂芬。這不表示我有什麼不一樣。」

「是嗎？那今天的午餐時間是怎麼回事？」他問。「那是非常不一樣的。」

「好吧，那是有點不一樣。可是假如我剛剛沒告訴你其他的事情，你會覺得我變成完全不同的人或什麼嗎？我還是我。不論如何，我還是我啊。」

電話聽筒中只傳來嗡嗡的聲音。然後史蒂芬說：「可是……可是這樣很像妳是一個間諜，而且已經好多年了。就好像妳是個天才的秘密間諜，隱藏在普通小孩中間。還有妳成績單上的那些D呢？我真的很擔心妳，妳卻只是拿這件事打發時間而已！」

「不是這樣！」我說：「史蒂芬，我沒有拿這件事打發時間，我是故意拿到D的。我受夠大家把成績好不好當作什麼了不起的大事。我原本有一個完整計畫，可是現在計畫完全毀了，我自己陷入各種麻煩中。所以你看我真的是個天才嗎？」

史蒂芬說：「妳有一個計畫？什麼樣的計畫？」

「現在全都搞砸了，」我說：「可是……我只是想要讓大家知道，分數很差不表示那個小孩不聰明，同樣的，分數很好也不表示那個小孩很聰明。而且我本來以為老師都喜歡考試和分數，可是拜恩老師告訴我這不是真的，很多老師都不喜歡比賽和考試，尤其是精熟測驗。就像我說的，我的計畫從一開始就很爛。」

電話那頭又一次靜默，只有嘶嘶聲。之後史蒂芬開口了，剛開始慢慢地說，接著越說越快，他說：「所以現在每個人都會知道，是嗎？他們都會知道妳真的很聰明，對嗎？」

「對。」我說：「我想是的。」

「我們所有的老師都會知道，還有漢克寧校長，還有學生，每個人，對不對？」

我說：「對，所有的人。」

「妳聽好！現在每個人都知道妳是天才，所以每個人都認為妳會變成那個超級聰明的樣子，對吧？他們都會認為現在妳會拿到好成績，去上資優課程，對嗎？」

「對。」我說：「可能吧，尤其是我爸媽。」

史蒂芬幾乎沒有停頓，他講得飛快：「所以現在所有人都期待事情會變那樣，對吧？超級無敵聰明的小孩出現了。可是如果妳沒有這樣做呢？如果妳並沒有像大家所期待的那樣，比如說妳打破了『聰明』的既定印象呢？由妳來創造不一樣的規矩，專屬於妳的規矩！」他停了一下，等著我的反應。但他又等不及了，他問：「妳明白我的意思嗎？妳聽到了嗎？」

史蒂芬的點子不像是點亮的燈泡，而是雷射砲轟出的砲彈。我幾乎是大叫著說：「史蒂芬！你這個點子超讚的！你……你真是個天才！」

史蒂芬和我繼續講，只花了十分鐘，新計畫誕生了。更棒的計畫，超驚人的計畫。

在我們講話的同時，另一件事也在發生，這件事使得這十分鐘成為我這一生中最棒的十分鐘。因為這十分鐘的時間裡，我們的友誼改變了，徹頭徹尾變了。我們之間的友情變成夥伴關係，一種平等的夥伴關係。

新計畫包含著一些危險，對我和史蒂芬來說都是，但我不在乎危險，史蒂芬也是。

我們一起開啟新計畫。

16 第一階段

我在網路上讀到一九六四年時，有兩個人創造了一個有名的實驗。他們在歐克小學對幾個小孩做了一項測驗。測驗後，他們宣稱測驗結果顯示了有一部分的小孩在這一學年將會有驚人的進步，他們把這些特別的小孩稱為「開竅者」。

然後他們將這些開竅者的名單交給老師，這樣老師可以觀察這些孩子在這一年中的變化。這些孩子真的變了。在名單上的孩子們都有驚人的進步，真正的進步。

接下來才是這實驗最精采的部分：其實，這些資訊都是假的！這些特別的孩子，這份名單上面的人名，原來都是隨機選出來的！唯一真實的部分只有老師的期望。老師真的希望某個小孩進步，而在那一年結束時，期望也會成真。這些開竅者會進步神速，全都是因為期望，因為期望具有力量。

星期四早上，幾乎所有五年級學生和老師都期望看到新的、進化的諾拉．羅力，一個天才女孩。

史蒂芬負責將我的新聞散播給同學，這不難完成。菲布魯克小學有個長舌聯盟，珍妮．奧斯敦是主要的發話中心。星期天晚上打給珍妮的一通耳語電話，保證和美國有線電視台CNN現場轉播記者會的效果一樣好。

漢克寧校長很小心地向所有教我的老師傳達消息。導師時間時，我看到校長放在諾茵斯老師桌上的紙條，上面寫著：「經由測驗和觀察，秦德勒博士判定諾拉・羅力是頂尖的資優生。她顯然隱藏這件事一段時間了。」

所以每個人都期待看到一個天才出現。這樣很好，史蒂芬和我都準備好了。星期四那一天，我會達成大家的期待，而且或許再多創造幾個新的東西出來。

語文課時，我們要學習有關閱讀的策略，比如瀏覽、試讀、猜測。諾茵斯老師分發三頁的故事，我們把這三張紙正面朝下放在桌上。她說：「當我說開始時，請大家把紙翻過來，你們有十五秒可以瀏覽這個故事。然後大家再把這幾頁反過來放在桌上，就從剛剛瀏覽的內容來猜測這個故事。大家都準備好了嗎？……瀏覽時間十五秒，開始！」

十五秒之後，諾茵斯老師要我們把紙再反過來蓋好，她說：「好，根據剛剛瀏覽的結果，誰要先來猜測這個故事的內容？」

當我舉起手時，其他小孩原先舉起的手都放了下來。他們想知道天才會說些什麼。

我是唯一高高舉起手的人，所以諾茵斯老師說：「諾拉，妳來說說看。」

我深吸一口氣說：「這是一個活在經濟大蕭條時代的女孩的故事，她需要去賺錢，才買得起生日禮物送給她爸爸。她媽媽前年過世了，她知道爸爸因此非常傷心，甚至差點要放棄人生。她找不到正職的工作，不過這女孩遇見了一個店老闆，老闆說可以每天下午付給她十分錢的酬勞，雇用她打掃商店前面的人行道。同學看到她在打掃都嘲笑她，可是她不在乎。她繼續工作著，但是時間飛快過去，她沒辦法賺到足夠的錢。她把這件事告訴她最好的朋友，她的朋友又告訴其他同學。在她爸爸生日的前一天，所有的孩子都捐錢給她，於是她終於能夠買禮物送給爸爸了。這個禮物是一個小小的銀相框，讓他爸爸可以將最珍愛的媽媽照片放在裡面。他的爸爸一直很悲傷，但是當他明白女兒有多愛他時，他的想法整個轉變了，他明白他仍然擁有許多值得高興的事，還有許多值得活下去的理由。我認為這個故事講的是努力工作、愛以及無私如何改變了一個人的生命。」

諾茵斯老師不知道該說些什麼。我剛剛一分不差的告訴她這個故事中的每個情節，因為在那十五秒中，我已經將這三頁的內容都讀完了。我一直都是這樣閱讀的，對我來說一整頁的字就像一兩個字塊而已。

諾茵斯老師說：「諾拉，非常好。可是妳這樣是猜測嗎？妳剛剛把整個故事的摘要都告訴我們了吧？」

我點頭同意：「是的，我說的比較像是複習。當你確實知道發生了什麼事，就不可能再用猜的了。這是基於認識論的不可能性，『猜測』必須包括不確定性的概念，就像科學分析中的理論，或是根據經驗法則來進行猜想。」

諾茵斯老師緩緩地點頭說：「嗯……是的。那麼，各位同學，我們繼續下一步，先看故事的第一頁，我們試試看把幾個關鍵字圈出來。記得喔，我們現在是要找出幾個字，來幫助我們猜測這個故事的內容。」

我感覺到班上的每個人都盯著我看。賣弄和使用那些偉大的字讓我覺得很不舒服，我快速地瞥了史蒂芬一眼，他臉上露出大大的、光榮的笑容，我立刻感到完全安心下來。

課程繼續進行著，大家慢慢找出關鍵字，這一堂課接下來的時間，諾茵斯老師都沒有再叫我發言。

一整天我都面目可憎，每一堂課我都用不同的方法上演我的天才秀。上美術課時，我和普力爾老師談的是光譜分析，以及原色和混色的不同波長。在社會課時，我討論了一個沒有加以管制的金融市場對經濟大蕭條時期的影響。

數學課時，張老師和我討論了十分鐘，關於如何設計出一個統計學的分析方法，來了解有多少百分比的學生在離開小學之後，還會去使用最小公分母做計算。

上音樂課時，卡德老師說音階由八個音組成，我指出這種說法只有在傳統西方全音階中才成立，因為還有五聲音階和十二聲音階。接著很自然的引起了一個簡短的討論，關於使用不同模式的音階如米索利安調式或多里安調式作為音樂作曲的基礎。

體育課是個挑戰，因為要和麥肯老師對話不太容易。不過我還是針對內耳影響平衡和協調提出了一些簡單的評論。

自然課則上演了今天最棒的一場演出。張老師先解釋光速，她說：「太陽離我們一億五千萬公里遠，因為光每秒移動的距離是三十萬公里，所以假如太陽現在消失了，我們還有七分鐘的陽光。光從太陽穿過太空到達地球的時間是七分鐘。」這說法很有趣而且相當正確，不過她接下來說：「沒有任何東西的速度比光還要快。」一個主意從我的腦子蹦出來。

我舉手，張老師向我點點頭，我說：「那思想呢？當妳說出『太陽』兩個字，我的思想可以穿越一億五千萬公里到太陽然後又

回來地球，這只要一秒鐘時間。七分鐘一共有四百二十秒，這是不是說，實際上思想比光還快八百四十倍。是嗎？」

張老師試著思考我的說法時，臉上出現不解的表情，然後她搖搖頭說：「但是思想和光不一樣，光是真實的，妳可以看到它，但思想是看不到的。」

我說：「妳是說光波或光粒子比思想還真實嗎？」

張老師說：「嗯，不是這樣的。」

我說：「所以妳的意思是說，我的思想不能走這麼遠、這麼快嗎？假如我說『半人馬座』，妳看，我的思想已經穿越太空到達該星系，然後又回來了。而光必須花九年的時間才能到半人馬座旅行一周回來。除非妳可以證明我的思想不能這樣來回，否則我就要堅持我的理論：思想至少比光快了八百四十倍。」現在整個教室裡的學生都在點頭同意我的理論。

假如張老師這時候說「沒有一種物質比光還快」，那表示她同意我的看法，這樣一來我們又可以花點時間討論物理學和哲學的不同，不過她沒有想得那麼遠。

就像我說的，星期四這一整天，我都面目可憎。我是一個正牌的萬事通。

放學後我去圖書館，當我走進去時，拜恩老師向我微笑並點點頭，可是她沒有示意我過去說話，反而快速轉頭去做別的事情。這可能是最聰明的作法，她顯然想要暫時和我劃清界線。

過沒多久史蒂芬進來了，坐在我的研究小桌對面。

「喂，」我低聲說：「我是不是糟糕透了？」

他咧開嘴對我笑：「妳真是糟糕到不行！每個學生都在討論妳

的事，可能所有的老師也是。我打賭他們現在都在教師辦公室裡交換諾拉的故事。這是個完美的開始，超完美的！」

這是我們的點子，星期四是計畫開始的日子，在這一天要先建立起期望。到了星期五，我們會製造一些重要的事件。最後的高潮會在星期一出現，也可能是星期二。

我們的計畫順利運轉了。

17 很難的考試

星期五的重要事件順利完成，史蒂芬和我都在為下星期一或星期二將出現的下一階段做準備。不過我又再次學到一件事：計畫永遠趕不上變化。因為星期五放學後，當我在圖書館裡進行課外閱讀時，漢克寧校長大步走到我的桌子旁對我說：「諾拉，請跟我來。」

校長轉身走出多媒體中心，穿過大廳，走進她的辦公室。我匆匆瞥了史蒂芬一眼，在我快速跟上漢克寧校長時，他很快地對我豎起大拇指。我們一直以為計畫的這個部分會在週末之後才開始。

漢克寧校長站在她的桌子後面說：「諾拉，請坐。」我在她對面的椅子坐定後，她拿起三張紙說：「我想知道一件事，而且我現在就要知道真正的答案。這是妳今天早上的拼字考卷，妳得了零分。這是妳第四堂的數學考卷，也得零分。這是兩小時前的自然考卷，又是零分。三次考試，三個零分，我想知道這是什麼意思？我們都知道妳是個聰明的孩子，諾拉，唯一可能的解釋就是，妳是故意的。我要知道為什麼，就是現在。說，為什麼要考零分？」

我告訴史蒂芬，當計畫如火如荼地進行時，我會勇敢面對。現在我正面對今天最困難的考試，而這個科目是：氣憤難當的大人在我面前揮舞著紙張。

漢克寧校長重複著說：「為什麼要考零分？」

我排練過答案了。我說：「我考零分，因為我都答錯了。」

漢克寧校長整個臉扭曲，她眉毛下的眼睛也瞇成幾乎看不見的細線，接著她用非常難聽的聲音說：「難道妳不敢顯現出妳的聰明嗎？小姐，為什麼妳要故意在考試時全部答錯？告訴我！」

我直視著她的眼睛說：「因為這三個考試除了簡單的背書之外沒有別的了，其他的考試也幾乎都一樣，所以我決定在這種考試中傳達我的意見，這些考試都得到它們應得的分數，零分。」

這是個微妙的時刻，因為假如漢克寧校長越來越生氣，我可能會被處以停課，甚至是被退學的處分。

我好希望其他狀況會出現，是的，其他狀況發生了。因為漢克寧校長並非只會咆哮，她也不僅僅是個擁有獨立辦公室的女士。她確實在生氣，但她仍然是位老師，而且是全校最頂尖的老師。她要處理每個年級的學習課程，而我正丟出了這個挑戰。

漢克寧校長怒視著我好幾秒，然後她坐到椅子上開始看考卷。大約一分鐘後，她用比較冷靜的聲音說：「我知道妳的意思，沒錯，這些考試都是要求學生背很多資料。可是認識基本知識是重要的，這是基礎。妳討厭這些考試是因為妳想假裝成普通的學生，可是妳並不是。這種考試對大多數學生是好的。諾拉，妳需要的是資優課程。在資優課程中，妳會遇到很多具創造性的挑戰，這才是妳需要的。我已經和妳的母親談過，我建議妳開始上資優課程，越快越好。或許妳應該跳級到六年級，甚至是八年級。」

我可以感覺到漢克寧校長喜歡跳級的主意，跳到六年級正好可以讓我離開她的學校，這是一個快速解決法：再也沒有諾拉了。

可是我搖搖頭：「那其他學生怎麼辦？我可以得到有創意的、令人興奮的東西，而其他學生得到的是功課表、死背書，同樣的事情週復一週。這不公平。」

漢克寧校長不愧是校長，她不再浪費時間和五年級生辯論。

所以她站起來說：「妳現在可以回圖書館去了。我很抱歉剛剛對妳發脾氣，不過妳確實擾亂了所有的老師。諾拉，上天賜給妳優異資賦的同時，也同時賦予妳責任，我要妳思考一件事：妳的責任。現在妳可以離開，可是這件事並沒有結束。」

當我走回圖書館時，我遵從漢克寧校長的話，我在思考她剛剛所說的，上天賜給我優異資賦的同時，也同時賦予我責任。

漢克寧校長絕對是正確的，我的確有責任，不過她和我對於責任的內容是什麼，有不同的想法。

漢克寧校長說的另一件事也絕對正確：這件事並沒有結束。

18 邏輯

當我回到圖書館，走到我的桌子時，史蒂芬撲過來：「發生了什麼事？她怎麼說？妳有麻煩了嗎？」

「沒說什麼。」我說：「可是她非常生氣，而且她想要馬上把我送去上資優課程。」

「還有呢？」他說：「考試和其他的事呢？」

我搖搖頭：「我會在校車上告訴你全部的經過，好嗎？我必須把這些讀完。」

說要讀書不全是真的，我只是需要時間思考，因為雖然我知道事情會怎麼發展，可是我沒辦法知道這件事會在哪裡結束。當史蒂芬和我在討論這個計畫當時，一切好像都不錯，而且有點好玩，做一天愛現的天才，接下來連續考三個零分。

可是漢克寧校長說的那句話，抓住了我的思緒，她說：「……妳擾亂了所有的老師。」

這使我開始思考，假如他們現在已經被擾亂了，假如我們真的煽動整個學校，他們會覺得怎麼樣？這是有可能發生的。我們的計畫是盡可能找很多學生一起考零分。考試、作業，每一樣都零分，而我正是考零分事件的領導人。

史蒂芬十分確定李、班、凱文、詹姆斯會加入，而且他認為他也可以向他弟弟和其他四年級生鼓吹這個想法。我想，假如我向大家好好說明來龍去脈，也會有一群女生跟進。而且之後還會有一群家長加入，因為我們的家長總是很擔心成績。我的意思是說，大部分家長都非常擔心我們會進哪一所中學，所以假如有很多學生考零分，這絕對是件大事。這件事可能會登上報紙，而且一定會上地方電視台，因為所有的學校集會都在有線電視上播放，短短時間內全鎮就會知道爛成績的事。

但史蒂芬和我並沒有計畫在某些測驗裡停止考零分，只要人們開始注意這件事，我們會告訴所有的人，我們希望菲布魯克鎮上所有的學生在精熟測驗時也都考零分。假如菲布魯克鎮所有的學校突然在康乃迪克精熟測驗中得到很差的分數，這會變成大新聞，因為學校精熟測驗的分數很差的話，會影響全鎮的名聲。我媽媽是房地產經紀人，我聽她說過，假如某個鎮的得分很差，想要在那裡買房子的人就會變少。得分差表示校長和老師有麻煩了，接下來州的教育委員會就會介入，事情一樁接一樁，不斷擴散。

因為精熟測驗的分數是件超級大事。既然學生是真正坐下來考試的人，學生才是掌控分數的人。這表示學生擁有力量，雖然學生自己並不清楚這件事。

史蒂芬和我準備好要改變這一切。這很像所有的老師組織起來一起罷課，直到加薪為止。我們要組織罷考，來對抗成績、考試、壓力，還有惡性競爭。

當我坐在那裡思考時，我可以一點一滴地想像每件發生的事。這三到四週的時間裡，我們全校會天翻地覆。學生考零分，老師對學生生氣，家長對小孩、老師和校長發火，學校董事會對每個人發脾氣。

還有，他們全都會對我和史蒂芬大發雷霆。

這就是我現在需要停下來好好想一想的原因。

我看著圖書館的人。

旁邊那桌的梅藍妮·尼森正在讀少年愛情小說，她並不煩惱成績，她只想知道羅傑會不會邀請蘇珊參加舞會。

我後面有兩個四年級的男生正在爭論他們的科展題目要怎麼呈現最好。他們在笑鬧打混中學習——可能連他們自己也沒發現。而且他們並沒有互相比較或在想成績的事。

在雜誌架旁的角落，三個女生噗通一聲坐在懶骨頭沙發上，她們的頭靠在一起，吱吱喳喳講得很開心，學校對她們來說是好玩的地方。壓力呢？今天沒有。

坐在我桌子對面的史蒂芬正在咬鉛筆的筆尾，對他的數學作業扮鬼臉。史蒂芬在學校非常不開心嗎？沒有。他真的相信自己是個笨蛋，是個無可救藥的白痴嗎？不是。

然而為什麼史蒂芬加入了一個瘋狂的計畫，那可能會震撼整個菲布魯克鎮呢？他這樣做是因為他極度渴望改變康乃迪克州的教育環境嗎？不是。他這樣做是為了我。還有，這像是個冒險，帶著一點危險和刺激。

明年秋天，又到了為精熟測驗而開始上加強課程的時候，學生們是不是又要痛苦一個多月？是的，一定要。可是這個考試終究會結束，所有的學生都會繼續過他們的日子。他們會和朋友說說笑笑，他們會做功課，老師會教他們，他們會參加考試，時間就這樣過去了。他們會繼續讀下個年級、再下個年級，再下下個年級。

而事實是：我是全校唯一擔心現有的成績、考試、競爭體制的人。其他的學生都是普通人，而我也還是必須面對這個事實：我不是普通的小孩。我是資賦優異的，漢克寧校長是這麼說的。好個資賦優異。

我站起來，開始朝借還書櫃台走去。拜恩老師看到我走進來，她似乎不是很高興看到我，可是我需要和她談一談。

我說：「嗨，拜恩老師。」

拜恩老師微笑著說：「哈囉，諾拉，妳看起來情緒有點低落。今天還好嗎？」

我點點頭說：「是的，妳有聽到什麼消息嗎？」

「喔，有的，這可是頭條新聞：『明星學生砲轟三場考試』，非常戲劇化！」她直視我的臉說：「所有的事都照著妳的希望發生了嗎？」

「嗯……我不知道。」我覺得自己就像個嬰兒，因為我感覺到眼淚已經到眼角了。

拜恩老師假裝沒看到，她低頭看鍵盤，然後又抬頭盯著前方的螢幕。她說：「諾拉，有件事我想知道，我希望妳不會覺得我愛管閒事，可是我真的很好奇。問題很簡單，那就是：妳覺得為什麼妳很聰明？」

我擦了一下眼睛，聳聳肩：「我想是遺傳吧，這是他們說的，我有強大的腦力。」

拜恩老師搖搖頭：「我不是在問妳的智力是從哪裡來的，我是在問，妳覺得為什麼妳擁有這麼高的智力？」她停了一秒鐘說：「妳這樣想想吧：妳相信每件事情的發生都有它的原因嗎？」

我說：「是吧……至少我認為是這樣。」

拜恩老師說：「所以，假如每件事情發生都有原因，那麼賦予妳這麼高的智力必定是有原因的，對吧？」我點點頭，她說：「所以，這是我要問妳的：妳覺得為什麼妳這麼聰明？」

我總是覺得我可以快速理解一件事。不論問題何時出現，我只需要想一下，然後咻的一聲，答案就出現了。不會出現系統忙碌的訊號，也不用等待。

這個問題不一樣。我用力想，可是卻得不到答案，我說：「我不知道，我想不到為什麼我會這麼聰明。而且……假如我不知道答案的話……可能我這個人並沒有我原先想的那麼聰明。是這樣嗎？這是妳的意思嗎？」

拜恩老師再次微笑，搖搖頭：「我並沒有這樣說。我認為妳的的確確就是所有證據顯示出來的這樣聰明。只是我遇到過許多擁有各種不同天賦的孩子。對我來說最大的問題總是：為什麼？然後，常常是很久以後，我才找到答案。我會去看看他們對自己的人生做了什麼。這很有趣，妳覺得呢？」

我點點頭。

拜恩老師說：「所以，諾拉，告訴我妳接下來會怎麼做。妳確實已經得到所有人的注意了，接下來呢？」

昨天我能夠回答這個問題，我會說：「妳等著看！史蒂芬和我啊，我們有個偉大的計畫。看看我們的偉大行動，漫天煙火齊放，還有那些超大噪音！」

但我不再這麼想了，所以我說：「我不確定，變數太多了，現在每件事都有點古怪。」

拜恩老師說：「嗯，我希望我可以告訴妳該怎麼做，諾拉，可是我做不到。不過，有件事我還是可以告訴妳：不管是任何時刻，在我們所有可以選擇的事情中，一定有一件事情永遠比其他好，這件最好的事是什麼，就是我們要去尋找的。而妳必須做的就是這件還沒出現的好事，明白了嗎？」

我笑笑說：「邏輯非常清楚，就像個圖書館員會說的話。」

這句話讓她笑了出來，拜恩老師說：「嗯，妳說的沒錯，我知道妳懂，我會繼續看著妳怎麼做。」

我說：「會有兩個人在做，還有學校裡的每個學生和老師。」

時鐘下的擴音器響起長長的鈴聲。

我說：「拜恩老師，星期一見。」

她說：「週末愉快。」

我回到我的桌子，拿了東西準備坐校車回家。

拜恩老師沒有給我任何答案，也沒有解決我的任何一個問題。事實上，我現在的問題比問她以前更多了。即使如此，我心裡卻覺得好多了。

雖然不合邏輯。

因為事實是，邏輯思考只能在到達某個點之前發生作用。超過那個點以後，需要不同的思考方式，這些方式像是傾聽、觀察等。

這是我需要的，我需要傾聽、觀察。

我需要努力找出那件還沒出現的好事。

假如我抓住這件好事，困難的部分就接著來了，因為到時我就必須去完成它。

19 難以負荷

媽媽週五傍晚回家，她抱著一疊紙。

她把所有的東西攤在廚房的桌子上，她說：「諾拉，妳來看看這個。賽爾朋中學的入學許可顧問，叫做麥亞當吧？他人很好，他非常高興能跟妳爸爸和我見面。妳應該看看當我們告訴他妳的智力測驗分數時，他臉上的那個表情。他覺得妳應該明年秋天就可以開始上八年級的課程，所以我們約好下星期二見面談，就在放學後，很令人興奮吧？看看這本冊子……這裡，這是新的圖書館，這整棟建築都是某個人捐贈的，賽爾朋就是這樣有錢的學校。看看這份名單，這是賽爾朋畢業生去年秋天進入的大學。我真不敢相信，一個班級中幾乎有三分之一的學生進入長春藤聯盟的大學！太驚人了，是吧？妳看看麥亞當先生給我的，這個是賽爾朋中學的小貼紙，可以貼在我的後車窗。」

媽媽這時擬定計畫和編織夢想的速度，比溫蒂漢堡店做漢堡的速度還快。事實是：過去五年將我的智力當成秘密藏起來，是我人生中最佳的決定。

但是現在爸媽試著找回那段失落的時間。他們要架好一千個圈圈，而他們的天才寶貝女兒可以一個接一個、全部跳過去。

媽媽轉身將鍋子裝滿水，放到爐子上，然後她說：「喔，我差點忘了，漢克寧校長今天早上打電話給我，她想要幫妳安排去上資優課程，越快越好。她說了一些妳覺得上課很無聊的事，這種事我完全能了解。所以我們下星期一會去學校開會，談一談關於資優課程的事。很棒吧？每件事都完美地就定位了！」

我想要尖叫，我想要狂吼：妳沒注意到嗎？妳可不可以停下來一秒鐘，想一想我對這整件事有什麼感覺？

可是我沒有出聲。此刻，這樣做似乎不會對事情有什麼幫助。所以，我點點頭，試著擠出笑容。

整個週末都像這樣，爸媽好像兩個拿到新玩具的小孩，新玩具就是我。星期天下午，他們已經非常實際地計畫好我接下來的人生。假如他們可以為我挑個老公，然後去幫我買婚紗，我想他們會去做。

陶德真的很高興所有的聚光燈都照著我，他喜歡躲在陰暗處，這樣安全多了。但我為安感到難過，她喜歡成為眾人的目光焦點，她習慣這樣。她一直是聰明的，天資過人的；她會提早唸完高中，進入一所名聲赫赫的大學。現在顧人怨的諾拉卻在家庭秀中成為明星。安整個週末都沒跟我說半句話。

史蒂芬試著打電話給我兩次，一次在星期六，一次在星期天。兩次我都假裝有事不能接電話，做這種事感覺很糟，可是我不知道要跟他說什麼。

在史蒂芬第一次打給我之後，我在想：或許我應該回電，告訴他我們需要等一個星期看看，在我們進行下一步之前——我希望多少有一點時間再想一想。

當他第二次打電話給我時，我在想：或許我應該告訴史蒂芬，我們必須取消這些事，現在就停止，忘掉我們的計畫。然後，我應該為製造這一團混亂向他道歉，然後我要試著找出向老師們道歉的方法，還有漢克寧校長、秦德勒博士，還有爸爸媽媽。

然後，我又想：或許我應該改名字，把頭髮染成黑色，搬到阿根廷去。

我一次一次地思考整個情況。實在是太複雜了，我已經無法思考。我必須承認：我迷失了。我有零分的事實，我正在傾聽，我正在觀察，可是怎麼樣都看不到那件還沒出現的好事。

所以我什麼都沒做。整個週末我陷入低潮，我試著不去想東想西，可是沒有用。

我知道，星期一早上等校車時，我得跟史蒂芬談談，而且我知道在那之後會有事情發生。

因為那是完全可信的事實之一：下一件事總是會發生。

20 短短的假期

安在四年級、五年級、六年級、八年級、十年級都得到完美的全勤紀錄，她非常喜歡上學，從來沒有故意待在家裡不想去學校，一次也沒有，至少在我有生之年從沒遇過。這逼使我轉向我的哥哥陶德，學習他裝病的藝術。

陶德裝病的次數大約是一個月一次，通常是在他拿到新電腦遊戲三天後。陶德知道怎麼催吐。他可以讓臉上突然出現紅色斑點，他可以看似突然發高燒，他可以在廁所製造出噪音，讓爸媽拍打廁所的門大喊：「陶德？陶德！你在裡面還好嗎？」在這方面，陶德是大師。

我只有在絕對需要時才會裝病，而這正是我星期一早上的感覺。我沒辦法面對史蒂芬或漢克寧校長或媽媽或爸爸或任何人。我需要獨處。

所以，首先我等待爸爸出門工作，因為他總是比媽媽多疑。然後我在桌子、椅子間爬上爬下三十次，讓自己全身發熱，接著我爬到床上，拉起被子，叫著：「媽？妳能來一下嗎？我的肚子不太舒服。」

一隻手放在我額頭上，事情順利進行中。「妳好像有一點發燒，可憐的寶貝……可能是那些到處亂飛的蟲惹的禍吧，這是一年中最討厭的季節了！」

幾分鐘後，媽媽端來一個托盤，上面有一杯雪碧汽水和烤土司。她一邊把枕頭拍鬆，幫我蓋好被子，一邊說：「諾拉，我今天早上有三個約，不過，我會打電話回來看看妳的情形，好嗎？我有跟隔壁的菲瑞斯女士說，她今天整天都在家，她大約隔一個多小時就會過來看妳一次，她有鑰匙。我今天午餐時間會回來。假如妳需要什麼，就打電話給我或妳爸爸，好嗎？妳要乖乖待在家裡，好好休息。」

我只有點點頭，我太虛弱了，說不出話來。

五分鐘後，美好的平靜降臨這屋中，終於，我覺得我真的可以思考了。

可是我沒有。我下樓到起居室，做了跟思考無關的事：我打開電視，快速轉到學習頻道，到伊朗城堡旅遊了一陣子，又到大堡礁探險，然後到懷俄明州挖恐龍骨頭。我在度假。

大概九點三十分時，菲瑞斯女士打開大門喊著：「哎呀，諾拉，是我，菲瑞斯。」她進來起居室，關心了幾分鐘，然後離開。

電話響起時，我正準備搭潛水艇到失事的鐵達尼號去。我用遙控器按了靜音的按鈕，用我最病懨懨的聲音說：「喂？」

不是我媽。一位女士說：「喂，請問羅力先生或太太在嗎？」

我總是被告知，千萬別讓打電話來的人知道我是一個人在家。所以我說：「我爸爸和羅夫在後院，羅夫是德國牧羊犬。妳可以留下名字和電話，這樣我爸爸幾分鐘後可以回電給妳。」

聲音停了一下，這位女士說：「諾拉嗎？是妳嗎？」

這時我認出那聲音了，那是漢克寧校長。我深吸了一口氣說：「是的。」為了拖延一點時間，我問：「請問您是哪位？」

「我是漢克寧校長，諾拉，我必須和妳媽媽談一談。」

她的音調告訴我，這不是一通禮貌性拜訪的電話，可能和要送我去上資優課程的事有關。

我說：「嗯，我今天生病在家，我爸爸現在真的不在這裡，而且我們也沒有養狗。我媽出門了，過一會兒才會回來，不過她有帶著手機。」然後我把電話號碼給漢克寧校長。

她說：「謝謝妳。」隨即掛掉電話，我還來不及跟她說不客氣或再見或其他的話。這樣好像有點沒禮貌，但我也管不了那麼多，我又回到我那刺激的海底探險世界中了。

當第一艘潛水艇將遙控攝影機放進鐵達尼號的餐廳時，媽媽從大門衝進來。她朝樓上我的房間衝去，半路聽到電視聲音，又往樓下衝，不多不少，兩秒鐘後，她就站在我面前了。

她的眼睛發亮，聲音卻很低沉，這表示我身處危險區域。媽媽說：「關掉電視，上樓去換衣服。馬上去。」

「可是我生病了。」

媽媽說：「我不相信，不過老實說，這已經不重要了。去換衣服。十分鐘內我們要到學校。所以快點行動。」

「為什麼？」

她搖搖頭說：「閉嘴。快去。」

三分鐘後我們倒車出門，我甚至還沒刷牙。我說：「為什麼我們一定要今天去開資優課程的會議？為什麼要這麼急？」

我媽的眼睛直盯著道路，兩手緊握方向盤，她搖搖頭：「這不是這場會議的主題，不是要談什麼長遠的規畫，而是妳考零分的這件事。諾拉，就是妳星期五考的那些分數。」

我的心臟噗通噗通跳。「我……我本來想告訴妳的，媽，那只是我的一個瘋狂點子，可是現在全都結束了。我不會再這樣做了。真的。」

媽媽斜瞥了我一眼，然後重新看著道路：「嗯，妳這樣做很好，但是其他的小孩呢？」

「其他的小孩？妳在說什麼？」

她又瞥了我一眼，說：「諾拉，別裝傻，沒有用了。我現在跟妳講的是諾茵斯老師今天早上社會課的測驗。漢克寧校長剛剛打電話給我，說除了兩個學生之外，全班的測驗分數都是零分，一共有四十二個零分。因為星期五發生的事，漢克寧校長想和妳、我還有妳爸爸談一下。」

媽媽講完了。她用力緊閉雙唇，直到嘴唇變成一條細細的、剛硬的直線，她繼續開著車。大約又花了兩分鐘，學校到了。

媽媽沒有給我太多資訊，不過我將現有的資訊整理了一次。

三秒鐘後我知道了。我完全知道發生了什麼事：有一個人的週末過得非常忙碌。

我也明白另一件事：當史蒂芬星期六和星期天打電話給我時，我應該跟他談談的。

21 造反

校長辦公室對我來說太熟悉了。最大的不同是今天來了很多人，因此他們沒辦法都坐到大會議桌邊。

一位女士坐在漢克寧校長的位子上。我知道她是誰，因為我曾經在有線電視上看到她。她是泰爾森女士，一位督學。

拜恩老師坐在校長位子隔壁的椅子上，輔導顧問詹瑪女士也在那裡。在她旁邊的是校長秘書安得森女士，她的膝蓋上放著筆記本，準備做會議記錄。

漢克寧校長坐在她平常坐的大會議桌的位子上。秦德勒博士坐在她左邊，然後是諾茵斯老師和張老師。

媽媽看到史蒂芬和他爸媽也來時，她的眉毛揚起。我一點都不驚訝，如果沒看到他們，我才會嚇一跳呢。可是旁邊坐著的是蒙頓．列克和他爸媽，他們為什麼會來，我可是一點頭緒都沒有。

史蒂芬和我眼神相對，當我拉開椅子坐到大桌子旁時，我看到他眼中飄出小小的笑意。我趕快往別的地方看。有些時候，沒有什麼比微笑更危險了，現在正是其中之一。

我和媽媽坐下來大約十秒鐘後，爸爸也急忙衝進來，快速對在場的人點頭致意後，在我旁邊坐下來。

然後，漢克寧校長說：「非常榮幸今天早上能請大家來到菲布魯克小學。諾茵斯老師，請開始，告訴我們在妳的第三堂社會課時

發生了什麼事。」

諾茵斯老師向漢克寧校長點點頭說：「我準備了十二題的測驗題目，從上週末指定的社會課本閱讀作業中出題。我們先討論了內容，然後我發下考卷，只有一頁而已。當每個人都做完時，我要學生交換考卷，拿出紅筆，然後我們開始檢討答案。改考卷時，有很多笑聲，所以我開始在教室中走動。我看到幾乎每個學生的答案都是亂寫的。」

漢克寧校長說：「亂寫？」

「是的。」諾茵斯老師說：「例如，題目是『經濟大蕭條剛開始時，美國總統是誰？』，學生的答案是：『唐老鴨』、『貓王』、『我叔叔萊尼』。非常荒謬，而且是錯的。」

漢克寧校長說：「大部分學生在這次測驗中都得到幾分？」

諾茵斯老師在回答前瞥了我一眼，說：「零分。除了兩個學生外，其他都得到零分。然後第四堂課時，換另外一半反動份子來上課，在測驗之前，我警告這些同學，叫他們不要把測驗當玩笑。可是改考卷時，情況仍然一樣，全部都是零分，除了兩個學生沒有參與這……愚蠢的事之外。」

我可以拿所有的東西來打賭，那兩名學生之一就是蒙頓．列克。不過此時這件事不重要。

漢克寧校長說：「誰要先來解釋這件事？」

史蒂芬和我同時說出「我」，不過我是唯一繼續發言的人：「漢克寧校長，這全都是我的錯。我想說假如我考幾個零分，然後假如我告訴其他的同學一起考零分，我們就可以讓人們注意到每個人都花了這麼多時間瘋狂追求分數，這樣的盲目追求有點問題。所以，這件事完全是我的錯。」

史蒂芬搖頭，說：「說要考零分是我的主意，而且後來我們一起推動這個計畫。不過考零分是我說的，妳記得吧？」

這個時候，我希望史蒂芬不要那麼老實，因為那樣他就會知道我不是要搶他的功勞。我是想讓我們兩個人能夠不被一群憤怒的老師與家長趕出小鎮。

但史蒂芬沒有那麼靈光，而且他的腦子裡也沒有鬼鬼祟祟這件事。這是我一直最喜歡他的地方之一。

所以我說：「對，沒錯。那是你的主意，可是我是化為行動的人。上星期五，是我執行計畫，考了幾個零分。然後我們這個週末沒有聯絡，我猜你一定打電話告訴一堆同學了，對吧？這就是為什麼每個人今天都考零分的原因。不過這真的還是我造成的。我很抱歉。而且現在事情已經結束了。」

漢克寧校長說：「諾拉，我希望事情有這麼簡單就好了，可是事實上不是。首先，這是史蒂芬今天想在大廳裡發的傳單。」她把幾張紙往左右傳出去。當漢克寧校長大聲唸出上面的句子時，我盯著我手上的影本。

呼叫所有的學生！

厭倦愚蠢的考試嗎？

厭倦和分數戰鬥嗎？

你痛恨精熟測驗嗎？

如果是，來造反吧！

今天就加入！

怎麼做？
簡單得很！
下一個考試，考零分！
向大家宣告，
我們能夠獨立思考！

有任何問題，請洽詢史蒂芬·寇帝斯

漢克寧校長看看史蒂芬，然後環顧現場所有人。「造反，」她說：「不是我們菲布魯克小學需要或希望的東西。」

我目瞪口呆。我不敢相信史蒂芬做了這麼大膽的事，而且他還把自己的名字寫上去！而且他真的讓兩個人以外的所有人都這麼做了！史蒂芬必定整個週末都在講電話。

漢克寧校長繼續說：「接下來是史蒂芬和蒙頓打架的問題。」

列克先生舉手說：「我不接受這個說法，這不是打架！」他指著史蒂芬說：「那個小孩攻擊我兒子，而蒙頓被迫自我防衛。別忘了，蒙頓是兩個孩子中的一個，他沒有參加這場……這場陰謀！」

我從沒看過蒙頓的爸爸，不過我猜他是個律師。

寇帝斯太太看了他一眼，說：「史蒂芬從小到大從來沒有攻擊過任何人！」

漢克寧校長說：「拜託，請注意這邊。今天早上校門口有兩個人在推撞，當時在現場負責校車工作的老師認為有狀況，而且拜恩老師必須把兩個小孩分開來才結束這件事，我這樣講對嗎？」

拜恩老師點頭說：「是的，這不是真的在打架，但不去管的話可能真的會打起來。正確的說，這是一場爭執。」

我幾乎快笑出來。這是拜恩老師最在行的，完美的遣詞用字：爭執。

漢克寧校長說：「非常好，我來把目前的情形整理一下。我們有兩個學生承認他們組織並鼓動造反行為。然後，我們有兩個男孩幾乎要打起架來。但是我們最嚴重的問題是，五年級有一半的學生決定這樣對待這兩次測驗，好像他們完全不在乎，他們把學校課業當作大笑話。」漢克寧校長環視現場所有人，然後她直視著我說：「不遵守規定的態度造成學校的紀律鬆散，我們必須制止。立刻！」

坐在漢克寧校長位子上的女士站了起來，每個人都轉頭看她，她說：「我是督學茱莉亞．泰爾森。一個小時前，我和漢克寧校長談過，我勸她將這群學生和其他學生隔離。這就是為什麼過去的四十五分鐘學生們都待在圖書館的原因，護士和警衛則臨時緊急代替值勤，所以他們的老師才能在這裡參與這場會議。」

泰爾森督學停頓下來。

總統和市長在發表重要演說時，不論是站立、歪頭、舉手都有種特別的樣子。這就是泰爾森督學看起來的樣子。

她慢慢轉動眼睛注視她的觀眾，說：「一年前我們的某個國中出現破壞公物的行為。置物櫃損壞，廁所的鏡子破了，牆上都是字，書都被破壞了。我很遺憾地向大家報告，這件事花了八個月才完全平息。為什麼花這麼久的時間？很簡單，因為他們的校長沒有快速且堅定地跳出來解決問題。我們今天的情形沒有破壞公物那麼嚴重，但也沒什麼差別。假如在測驗時拿零分的孩子現在去吃午餐，在那四十分鐘內，他們開始笑著誇耀他們做的事，這種大膽反抗的態度會很輕易地傳遍全校。這種事絕不能發生。我們必須以強有力的方式來處理這個問題的源頭，而且還要立刻處理。每個菲布魯克小學的學生都必須明白，考試和分數是件嚴肅的事。學校裡的每個學生必須盡力爭取最好的分數。菲布魯克的教育精神就是，做到最好。現在在圖書館的學生們對此感到迷惑，所以我們必須在三十分鐘內解決這個問題。漢克寧校長？」

漢克寧校長微笑了一下，點點頭：「謝謝泰爾森督學。我們即將要做的事情就是和這群學生開個會，就是現在，只要穿過大廳到多媒體中心去。我們要將焦點集中在事實上，我們將會指出他們所犯的錯誤，清楚說明這種行為不會被容許。為了強調這件事的嚴重性，泰爾森督學和我決定處罰諾拉．羅力和史蒂芬．寇帝斯停課兩星期，立刻生效。」

我的第一個念頭是想到爸媽。媽媽倒抽了一口氣，坐在那裡像雕像般，她的背脊僵直，我可以看到她眼角打轉的眼淚。爸爸的臉上則是完全不能置信的表情。我對他們感到抱歉。然後我看著史蒂芬，他坐在那裡，試著想弄清楚那些話的意思，「停課兩星期」，他的臉色慘白，他的爸媽正看著我。每個人的腦子裡都確信：我是這團混亂的根源。我自己也是這麼想。

我想像接下來和同學開會是什麼情景。那一定是個長長的演講，過程中漢克寧校長會用手指著他們。泰爾森督學會對我們的朋友皺眉頭，威脅著要把每個人踢出學校。當然，蒙頓·列克將全程坐在那裡，嘴角露出得意的淺笑。太可怕了，而且我無能為力。

事實是：一旦計畫開始崩解，毀壞的速度將會非常快。你能做的只是逃離，但有時候你卻怎麼逃都逃不掉。

漢克寧校長準備說其他的事時，拜恩老師舉起手來，校長說：

「請說，拜恩老師。」

拜恩老師站起來，順了一下前面的裙子，說：「漢克寧校長，我必須對這件事說幾句話。我不贊成這次的處罰。」她的聲音不是很大聲，可是很有力：「我認為應該要考慮諾拉和史蒂芬的動機。他們做的事情可能是幼稚的，而且他們確實讓諾茵斯老師、張老師和其他同事感到困擾。可是這兩個人並非單純的要惹麻煩，而且他們做的事情和破壞公物完全沒有共同性。泰爾森督學，破壞公物是不動腦的、破壞性的，可是諾拉和史蒂芬做的事情絕不是那樣。」

漢克寧校長站起來，上身前傾，兩手撐在桌上，說：「夠了，拜恩老師，這不是發表個人意見的場合。」

但是泰爾森督學舉起手說：「沒關係，漢克寧校長，我們在這裡不用隱藏什麼，我們的校區一直是個自由開放的討論空間，所以，拜恩老師，請繼續。」

拜恩老師向督學點點頭，說：「謝謝。我想說的是，他們是好孩子，他們的動機是好的。這些學生單純的想試著讓每個人更仔細地去審視考試和分數帶來的負面影響。不光是在我們學校，鎮上其他學校的老師，也有人重視這件事。康乃迪克州到處都有老師指出將焦點放在考試分數是不健康的，特別是精熟測驗的分數。諾拉是親身經歷這些問題的人，她的智力讓她能注意到這個問題，而且她和史蒂芬夠勇敢，並試著想做些什麼。他們比我們其他人都勇敢多了。所以我想要繼續觀察這件事。我堅決反對這些處罰。我認為我們學校裡有很多位老師、或許甚至很多菲布魯克鎮的鎮民，會同意我說的話。」

愛因斯坦一定會喜歡拜恩老師說完的這一刻，就像宇宙大爆炸之前那無法計量的時間一般。

接下來宇宙開始爆炸。

當張老師、諾茵斯老師站起來走到拜恩老師旁邊時，一陣短短的掌聲響起。他們是拜恩老師所說的同事，他們互相支持打氣。

媽媽開始正常呼吸，而爸爸對拜恩老師點點頭說：「是的，或許諾拉對某些事有她自己的看法。」這時，媽媽輕輕地發出一聲：「噓！」

寇帝斯太太輕拍史蒂芬的手臂，史蒂芬臉上開始有了點血色。接著我媽媽和寇帝斯太太開始在我頭上你一句我一句地聊了起來。史蒂芬的爸爸拿出手帕擤擤鼻子，然後又擦擦額頭。如果稍微想一下，就會發現這個順序怪怪的。

蒙頓的媽媽挑起一邊眉毛，她在丈夫耳邊低聲講話。蒙頓坐在那裡，他那張臉上掛著蠢蛋的怪笑，他想要引起我的注意，可是我故意當作沒看到。

漢克寧校長試著控制臉上的肌肉，在吵鬧和吱吱喳喳聲中，她繼續說話：「注意這邊，各位！」

督學環顧四周，讓嘴唇的線條拉起僵硬的笑容，但她的眼睛洩露了心事，我可以看到她正在想像，假如不能控制這個議題，而且還傳播到全鎮的話，會有什麼下場。

校長秘書放棄會議記錄，當她開始和詹瑪女士講話時，有些話語飄過桌子傳了過來。「真的嗎？……喔，對啊，因為星期一是唯一……而且當她告訴我……不會吧，妳開玩笑的吧！……有，我也有聽說！」

秦德勒博士只是微笑著，用指尖敲敲桌子，這個心理學家正在自得其樂。

我呢？我立刻試著理解每件事情。

然後我看著拜恩老師，她又坐回椅子上，將雙手合攏放在膝蓋上。我們交換了眼神，只有一秒的時間。那一瞥包含了很多事。這不是學生和老師的關係，這是人和人的交流時刻。

最後，漢克寧校長把音調提高八度，說：「大家請保持秩序，拜託。請安靜！」現場安靜下來之後，她說：「謝謝大家，現在我有一兩個想法，不過或許請我們的督學先說說她的想法。」

泰爾森督學讓笑容鎖定在同一個位置，可是我感覺得出來她不知道該說什麼。又一次她的眼神洩漏了她的問題。我可以看出來問題是什麼，每個人都看得出來：假如她太強勢，她可能真的會面臨造反；如果她太軟弱，她會失去某些權威。

泰爾森督學說：「嗯，我……我真的認為，將所有因素考慮之後，我們不該用全區的規格來處理這件事。這是學校個別的問題，既然妳是校長，漢克寧女士，我想我們應該先聽聽妳的看法。」

這是另外一個愛因斯坦時刻，時間和空間暫時停止，所有的眼睛都看著漢克寧校長。

每個人都明白正在發生什麼事。兩位有權力的、聰明的女士都很怕走到下一步。我為他們感到難過。畢竟把大家捲進這一團亂的人是我，所以我希望能幫幫他們。

於是事情開始產生變化。一些新的變化。

我一直是電燈泡女孩，從天而降的點子一來就發光，就像午後晴空的閃電。砰！我有新主意了。

這次不一樣。我的確想到一個主意，然而是輕柔的。這比較像是我正看著開闊的青綠草坪，那裡有雲飄過或是一陣輕風吹來，這時草地上的葉片啪啪作響，清脆而生氣勃勃。

走過草坪，我可以看到思考的足跡，一條簡易的路徑，而我知道它一直在那裡，這條路是為我而設。

我只需要做那件還沒有出現的好事。

我舉起手。

漢克寧校長沒有比現在更情願叫人發言了，她說：「諾拉？」

我不知道為什麼講話前要先站起來，不過我做了。我說：「漢克寧校長，假如妳同意的話，我想要跟所有參與這件事的同學說些話。我想……我想我必須說些話……對大家說。然後，不論妳或泰爾森督學決定要怎麼處罰，我都接受。」

史蒂芬快速站起來說：「我也是。」

我們兩個再次肩並肩，平等的夥伴。

漢克寧校長看看史蒂芬，再看看我，然後轉頭看泰爾森督學。泰爾森督學轉過頭看我，然後回頭看著漢克寧校長。接著，漢克寧校長又看著我說：「這似乎是合理的要求，我想現在我們所有人應該去圖書館了。」

這想必對每個人而言都是合理的要求，因為大家似乎都鬆了一大口氣。

當大家開始站起來朝辦公室的門走去時，爸爸往我這邊靠過來，低聲地說：「我真心希望妳知道妳在做什麼。」

我低聲回答：「我也是。」

22 還沒出現的好事

費了好一會兒工夫，才把每個人在多媒體中心安頓好。桌椅被推到牆邊，同學們坐在房間中央的地板上。所有的大人和老師坐在兩邊和後面的椅子上。

這不像是平常的集會或週會。沒有扭動、低聲講話、偷笑。甚至沒有任何笑容。這很像一場喪禮，我的喪禮。

漢克寧校長站在大講桌前，等到最後一個大人坐定。我站在她旁邊，史蒂芬站在我旁邊。我爸媽坐在遠遠的左邊。他們似乎有一百多萬公里遠，我想著，如果能夠再坐在他們中間該有多好。

現在連呼吸都覺得困難。我知道我想要說什麼，可是我不確定該怎麼開場，或是該怎麼結束。我心想：那史蒂芬呢？他會說些什麼？我是說，一個可以做出那種傳單的人，可能會做出任何事情！假使他舉起拳頭大喊：「嘿，各位！學生自治！讓我們造反吧！」然後開始繞著圖書館跑，把書從書架上扯下來，砸毀家具……或是假使漢克寧校長突然改變主意，她站在那裡，指著我們說：「諾拉和史蒂芬是無藥可救的壞孩子，我們決定將他們永遠開除！出去！滾出去，你們兩個！」

胡思亂想是一種折磨，所以我很高興漢克寧校長開始說話了。

她說話的同時也慢慢地環顧現場一周：「我們今天早上會在這裡，是因為出現了一些嚴重的錯誤。我想你們全部的人都知道我在說什麼。諾拉．羅力要求和所有學生說話，我答應她了。史蒂芬．寇帝斯也有話要說。」然後她看著我說：「諾拉，該妳了。」

沒有冗長的演說，沒有多餘的時間思考，簡短俐落的句子，現在全都取決在我了。

我看著一張張的臉，我僵住了。我大口吸氣。我張開嘴巴。我試著開始，可是卻說不出來。

史蒂芬開口了：「諾拉和我上個星期討論一件事，這正是她想要告訴你們的。」

我點頭，我再次大口吸氣，說：「是的，和成績有關的事。我擔心成績的事情已經有很久了。我在想，很多學生都對此很苦惱，可是我擔心的不是成績好壞。我擔心成績本身，還有跟成績有關的想法。因為成績和考試分數會讓學生覺得自己是贏家或輸家。我不喜歡這樣。因為我看到在我們去年參加精熟測驗之後，有些同學開始認為自己是笨蛋，可是他們並不是，真的不是，所以我想要改變這種想法。我以為可以靠自己，或靠著史蒂芬的幫忙去改變每件事情，但這想法並不聰明；我也以為事情可以很快改變，但那並不合乎常理。但我覺得我必須做點事，什麼事都可以。後來，史蒂芬和我想到用考零分的方式，可是這樣看起來卻像是我們把學校當成笑話或是什麼的。但我們並不是在開玩笑。我們只是想要大家看看這些數字、這些評分的等級、這些考試分數，並認真地想一想。可是事情發生得太快，搞得每個人都很苦惱，這不是我想要的。我知道學校很重要，而且把課業做好也很重要，我想幾乎所有的學生都有把課業做好，而且老師們也都認真工作。我不知道是不是有很多老師也跟我一樣在思考分數跟成績的事，所以我們必須合作，讓事情

變得更好。這就是我想說的，很抱歉製造了麻煩。因為應該還有其他方法可以讓事情變得更好。」

史蒂芬點頭說：「對啊，我也很抱歉。特別是關於造反的事情。我知道我為什麼會那樣做，比如說製作傳單和這些有的沒的。因為這很刺激呀。我是說，這一瞬間，我覺得分數好像對我沒有這麼大的控制力了。但我一下子好像衝得有點過頭了。即使如此，我還是學到了很多。我不再害怕考試和分數，不像以前那麼怕了。可是我很抱歉製造了麻煩，就像諾拉說的。」

我等著他多說一些，可是史蒂芬說完了。

我沒看到是誰先的，但我想是我爸先開始拍手。然後每個人都輕輕拍了一下手，甚至連泰爾森督學都是。這真的很糗。

不過，漢克寧校長將手舉起來，現場立刻鴉雀無聲。她說：

「我們今天都學到寶貴的一課，所有人都將記住這件事有多重要，這件事就是『永遠要將課業做好』。現在請老師們帶學生到導師室去，直到午餐時間才能離開去吃午餐。」

就這樣，我們完成了。沒再談到停課、沒有威脅、沒有吼叫、沒有搖手。我遵守漢克寧校長的要求，開始向導師那邊走過去。實在是太好了，好到不像真的。

的確是真的。校長從五公尺外叫我：「諾拉，請妳的父母幾分鐘後到我的辦公室來找我。妳也一起來。」

幾分鐘後，我們再次跟漢克寧校長面對面，連秦德勒博士也進來坐下。

漢克寧校長說：「我很高興今天早上的事情平靜地結束了，可是還有一件事要討論。我們必須解決諾拉的分班，秦德勒博士和我覺得她需要去上資優課程。」

我媽媽點頭說：「我們完全同意。我們將會去參加一些考試，諾拉下星期會去參加賽爾朋中學的分班考試。等到我們知道她應該分到哪一級時，我想資優課程應該對她很不錯。」

秦德勒博士說：「好極了。現在大部分的資優生每週參加二到六堂的資優課程，不過如果是諾拉的話，我們覺得除了導師時間、體育、美術、音樂課之外，應該整天都去上資優班。」

我差點被踢出學校，這時實在不該開口，可是我忍不住。我甚至沒有舉手或詢問能不能說話，就直接脫口而出：「我不想上資優課程。我喜歡我的老師，喜歡我的朋友，我想待在這裡。」

秦德勒博士微笑著說：「諾拉，我們能體會妳的不安。改變現況總會令人驚慌，可是妳不能再隱藏自己了。妳極端聰明，真的。

妳比普通程度高出太多，正常的課程對妳來說進度太慢了。」

我搖搖頭：「可是假如我做完功課，或假如我已經了解老師說的，我就可以想別的事情。我會一直大量的思考。我會在腦子裡演算數學題目，我可以想想我記下的詩句，或是帶本書閱讀。我想要待在普通班，因為我喜歡普通人。我不想要特別的待遇，我也不想要一直把我往前推的老師。」

漢克寧校長沒有想要介入，媽媽和爸爸也沒有。這是我和秦德勒博士之間的事。

他說：「諾拉，妳這樣想好了，假如妳沒有接受新挑戰的話，妳怎麼知道妳有沒有完全發揮出潛能？」

「我不想當一個賣弄聰明的人，可是請想想，」我說：「我真的是在逃避新挑戰嗎？在發生這些事之後，要當一個普通人，對我來說不正是新挑戰嗎？還有，關於完全發揮潛能這件事，誰可以說我的潛能極限到哪裡？要靠智力測驗嗎？我不應該說出我想要實現的是什麼嗎？假如我真正想要的是做一個普通人，假如做一個普通人是我人生的終極目標，這樣又如何呢？這樣想有什麼不對嗎？每天都快快樂樂、讀書、和朋友一起玩、踢足球、聽音樂、長大、工作、看報紙、選舉投票、或許有一天結婚？這很糟嗎？我知道我是不同的，我希望我一直是聰明的。可是我不想被向前推，被強迫做大家認為像我這種智力的人應該做的事。我想要以我的方式使用我的智力。現在，我想要做個普通小孩。」

當我說話時，好像是字句流進我的腦子，從我的嘴巴出來，就像從壺中倒出牛奶一樣滑順。我以前從來沒有這樣說話過。

當我停止時，沒有人說話。

所以我說：「現在我可以去導師室了嗎？午餐時間快到了，我不想遲到。今天吃披薩。」

「可以，諾拉，妳可以過去了。」

我覺得最棒的是，說這句話的人不是漢克寧校長。

是我的媽媽。

午餐時間有點詭異，下午的課也很奇怪。有很多交頭接耳的聲音，我覺得幾乎每一秒鐘大家都在看我。這情景多少有點像電影明星出現在雜貨店中的感覺。但我試著只做自己的事，過正常的一天。我想要普通地過。

接下來的時間有兩個最好的部分。

第一個是在等晚班校車之前，我去找拜恩老師。我先在體育館玩足球，所以我很熱、汗流浹背、喘著氣。我還在閉館之前，因為我希望圖書館裡沒有人。的確如此。只有拜恩老師坐在櫃檯的螢幕前。我想她看到我進來了，可是她沒有看我，直到我站在她面前。

她微笑著說：「今天很忙喔？」

我報以微笑：「超忙的。妳有聽說什麼嗎？」

「喔，有啊。教師辦公室裡有超級頭條新聞：學生全身而退，並在隨後的辯論中勝出。非常戲劇化，我以妳為榮。」

我臉紅了：「沒有那麼誇張啦。」

拜恩老師搖搖頭：「這妳就錯了，妳真的很厲害。妳做的每件事情都十分特別、卓越、精采。」

我正要開口，但她說：「不要說妳沒有我的幫忙就辦不到。古諺說：『當一個時代來臨，沒有人能夠阻擋。』這就是妳的時代，諾拉。啊，時間差不多了，快跑，快去趕校車。」

我說：「還是要說謝謝，因為妳真的幫了我很多忙。」我轉身離開，接著又回過頭來說：「拜恩老師，哪一所大學的圖書館學課程最棒？」

她說：「有很多大學都很好。為什麼這麼問？」

「這個嘛，假使我想發揮全部潛能的話。」我說。

拜恩老師大笑，發出噓聲把我趕出門。

我是說真的，不是在開玩笑。

另一件最棒的事發生在下了校車之後。班也在街角下車，不過他家是在相反的方向，所以只有我和史蒂芬一起回家。

直到我們要分開走之前，他都沒有說話。此刻他用球鞋鞋尖踢著小石頭說：「妳在圖書館說，在去年的考試之後，孩子們認為自己是笨蛋的那一段話，那是在說我嗎？」

我點點頭：「對，是說你。」

他看著我的臉，然後看著地上，說：「所以這所有的事情，其實都跟我有點關係？」

「是的，有一點……可是這也跟我有關。」

「嗯，是啊。」他說：「妳是說，跟妳很聰明還有妳其他的事有關嗎？」

「是的。」我說：「所有一切都是。」

他微笑著說：「或許停課兩個星期滿有趣的，妳不覺得嗎？」

「我不覺得。」我說：「因為很無聊，學校有很多有趣的事。」

「是啊。」史蒂芬說：「一大堆。」

我想不到別的話要說。史蒂芬也是。

他說：「所以我明天會看到妳，對吧？」

「會啊。」我說：「明天見。」

然後我往我家走，他往他家走。

如果你像科學家一樣只看事件本身的話，和史蒂芬說話的這三分鐘並不是很長。因為，說真的，有發生什麼事嗎？幾乎沒有。史蒂芬沒有做像是幫我背書包之類的事，他也沒有直視我的眼睛說：「諾拉，在這個世界上，妳是我最好的朋友。」我們並沒有深入地討論學校、考試、分數的事。

我們只是在一天結束前花了一點時間聚聚，史蒂芬像個朋友一樣跟我說話，就像我是個普通人。而我就只是我，諾拉。

此時此刻，再沒有什麼事能讓我更快樂了。

這是事實。

國家圖書館出版品預行編目資料

成績單／安德魯．克萊門斯（Andrew Clements）
文；吳梅瑛譯 -- 二版. -- 臺北市：遠流出版
事業股份有限公司, 2024.05
面； 公分. --（安德魯．克萊門斯；3）
譯自：The report card
ISBN 978-626-361-556-4（平裝）

874.59　　113002714

安德魯．克萊門斯❸

成績單
The Report Card

文／安德魯．克萊門斯　譯／吳梅瑛　圖／唐唐

執行編輯／林孜懃　內頁設計／丘銳致
出版一部總編輯暨總監／王明雪

發行人／王榮文
出版發行／遠流出版事業股份有限公司　104005台北市中山北路一段11號13樓
電話：(02)2571-0297　傳真：(02)2571-0197　郵撥：0189456-1
著作權顧問／蕭雄淋律師
輸出印刷／中原造像股份有限公司
□2008年8月1日　初版一刷　□2024年5月1日　二版一刷

定價／新台幣300元（缺頁或破損的書，請寄回更換）

ISBN 978-626-361-556-4
遠流博識網　http://www.ylib.com　E-mail:ylib@ylib.com